栽进吧台的咖啡师

28位大师的心路历程

【日】旭屋出版“咖啡&餐厅”编辑部 主编
罗淑慧 译

北京联合出版公司
Beijing United Publishing Co.,Ltd.

CONTENTS

先驱者

PIONEER

根岸清

FMI

横山千寻

Bar Del Sole

门胁洋之

CAFÉ ROSSO beans store + cafe

田中胜幸

BEAR POND ESPRESSO

泽田洋史

sawada coffee

冈田章宏&吉川寿子&大泽直子&村山春奈

小川咖啡

井崎英典

SAMURAI COFFEE EXPERIENCE

根岸清

FMI

艰辛的意大利研修

当初，我前往意大利的目的并不是为了浓缩咖啡，而是为了学习意式冰淇淋。1984年，由于公司从事意大利制冰淇淋机的进口销售，派我前往当地学习意式冰淇淋的制作方法。

意大利的Gelateria（意式冰淇淋专卖店）大多都会附设咖啡吧，当然也销售浓缩咖啡。30多年前的那杯浓缩咖啡，给我留下了非常强烈的第一印象。意大利的咖啡师问我："要加砂糖吗？"因为我个人主张喝咖啡不加糖，所以马上就回答："NO！NO！"就这么直接喝下肚，当时的感觉是，跟日本的咖啡完全不同，又浓又苦，根本称不上是饮料。回头看了看周边，当地的意大利人都是在加了砂糖之后，搅拌几下，分两或三口喝掉，然后就马上离开。于是，我也有样学样，慢慢地品尝。咖啡师问我："怎么样？好喝吗？"当时，我不假思索地回答："Buono（好喝）！"

之后，公司在1995年开始进口销售CIMBALI公司的浓缩咖啡机。

当时，进口浓缩咖啡机的制造商负责教导机器的使用方法，我的工作是调整机器，味觉方面的调配则是由咖啡豆批发商掌控。可是日本的批发商几乎没去过意大利，也不了解正统的浓缩咖啡，所以不知道为什么，当时的日本都会在卡布奇诺里面加上肉桂。浓缩咖啡则采用了每杯60～80mL的萃取量，相当于原产地的3倍之多。咖啡豆的选用也令人感到不可思议，由于都是采用重烘焙的咖啡豆。CIMBALI公司也表示："日本的浓缩咖啡和卡布奇诺与意大利的完全不同。不管在日本多么努力地销售咖啡机，如果制作方法不正统，那没有半点意义。"于是，公司便下达了"培养咖啡师"的指令，因此我再次奉命前往意大利，在几个咖啡吧接受咖啡师的研修。

意大利的咖啡师充满着专家气质，完全凭感觉教导萃取技术。奶泡的做法也一样，就只是做给我看，然后丢下一句"就是这样"。因为我必须在短时间内学会技术，所以就把磅秤、温度计和马表等道具带在身上，学习的时候用来测量咖啡粉量、萃取时间、温度等，并且把测量的结果数据化。萃取时间据说是20～30秒，但确切的是几秒呢？之所以收集数据做验证，是为了回到日本后，可以让所有人都能冲泡出正统的浓缩咖啡。甚至我还利用研修的空当，从意大利北部开始巡回到南部，走访了各个不同的咖啡吧，点了浓缩咖啡和卡布奇诺，同样也收集了相关数据。可是，我还是没有勇气在咖啡师的面前进行测量，所以我总是会做做样子，然后趁机把浓缩咖啡或卡布奇诺偷偷地倒进密封袋里，等回到投宿的饭店后再进行测量。之后，我拿着日本寄来的约300日元（约人民币18元）的土产向咖啡师询问："我是从日本来的，可以让我拍张照吗？"结果，几乎每个咖啡师都会很乐意地回答："好啊！"接着，当我说"这是我的一点小小心意"，把土产拿给对方时，每个意大利的咖啡师都会感到特别开心，还会特别招待我喝杯咖啡。另外，当我请求对方送我两杯分量的浓缩咖啡粉让我作为参考时，对方也会很开心地说：“拿去吧！”让我有得喝又有得拿。

就连卡布奇诺该在多少温度的情况下上桌，我也在咖啡吧做了实际的测量。这个时候，咖啡师会开玩笑地说：“你是来意大利做什么的？科学家吗？”意大利的卡布奇诺大约是60℃，只要温度高2℃～3℃，客人就会说：“Caldo（好烫）！给我加点冰牛奶。”对他们来说，热饮是禁忌，因为“热饮得慢慢喝，就会迟到”。日本人则是喜欢喝热的，所以这一点还挺令我惊讶的。

就这样，身为咖啡机制造商的我学会了制作正统的浓缩咖啡，接下来就是咖啡师的培训。首先，第一步要思考的事情就是，该怎么做才能让咖啡豆批发商或咖啡厅的老板对浓缩咖啡产生兴趣。在意大利的时候，听说有一小部分人会制作花式卡布奇诺，所以我也试着学习心形和叶子的拉花，还在浓缩咖啡的研讨会上露了一小手。当我在卡布奇诺上面画出心形图案时，大家都吓了一跳，同时产生了高度的兴趣。然后，在我冲泡正统浓缩咖啡的时候，众人更是惊呼：“分量这么少吗？”我还把“加入砂糖搅拌饮用”的喝法教给大家，实际品尝之后，大家都十分感动地说：“很好喝！”研讨会结束之后，部分批发商却提出质疑：“浓缩咖啡的分量这么少，在日本应该赚不到钱吧？”没错，浓缩咖啡并不是当成饮料喝的饮品。对于日本人来说，饮料的最大作用就是润喉、边吃边喝。如果把浓缩咖啡当成饮料喝，反而会越喝越渴，而且马上就喝光了。应该从改变大家对浓缩咖啡的看法开始做起，这是我当时的想法。

浓缩咖啡可以在工作空当时让脑袋更加清醒，在饭后刺激肠胃，促进消化吸收。要加入大量的砂糖，搅拌几次之后再饮用。不加糖的浓缩咖啡就跟不加糖的巧克力一样，只有苦味。苦味巧克力只要35%以上是糖分，苦味就会和甜味调和，形成微苦且美味的巧克力。浓缩咖啡也一样，只要加入砂糖，搅拌50次左右，砂糖溶化后就会产生浓稠感，让咖啡的口感变得更加滑顺，简直就像喝巧克力。浓缩咖啡就是这样，要调配出自己喜欢的味道再喝。可是，在日本的咖啡厅中，每100个人就有10个人不喝浓缩咖啡，而少数喝浓缩咖啡的人则几乎都不加糖。现在还有人会由于看到我在浓缩咖啡里加砂糖而吃惊地说：“根岸先生，你喝咖啡加糖吗？”好像喝咖啡加糖的人就是不懂咖啡似的。

把浓缩咖啡的魅力介绍给日本人的时候，最重要之处不是饮料的概念，而是品尝美味的方法。在培训咖啡师的同时，也必须进一步宣扬浓缩咖啡的文化才行，这是我当时的想法。

LA CIMBALI
LA CIMBALI

拍手喝采的研讨会

在我以浓缩咖啡机制造商的身份把重心倾注在咖啡师培训上，并且在日本积极推广意式浓缩咖啡的同时，也有好多事情降临到我身上。

大约18年前，东京酒店宴会厅的人员邀请我参加浓缩咖啡的学习会，让我有机会跟大家分享意式浓缩咖啡的点点滴滴。因此，我倾注了全力，知无不言、言无不尽，并且邀请大家试喝浓缩咖啡。在演讲结束的时候，大家热情地为我拍手喝采，还有人说："我们以前由于不懂而烦恼不已的问题，全在今天的演讲中豁然开朗了！"我问他"为什么这么说"，才知道他每次给外国客户端浓缩咖啡时，总是会听到外国客户的抱怨："为什么这里的浓缩咖啡有股焦臭味""太苦了""没有奶泡"。过去，他总是持续听到这样的怨言，而且一直无法解决，直到那天听了我的一席话后，他才知道不管是咖啡豆的烘焙、粗细度、萃取时间，还是分量，全都搞错了，甚至他到演讲当天才知道，其实卡布奇诺的泡沫很顺滑，根本不需要再放肉桂。他开心地说："过去的烦恼瞬间烟消云散了，阴霾全都一扫而空！"之后，这些话也传到了咖啡豆批发商的耳朵里，各营业所陆续邀请我出席研讨会。感觉之前在意大利的辛苦学习总算获得了回报，这个时候真的令人非常开心。

我希望能够尽早培训出优秀的咖啡师，希望咖啡师能够早一日学会接待客人的技巧和技术，所以一直很积极地参与咖啡师的认证制度和比赛的筹划，同时在SCAJ（日本精品咖啡协会）或FMI咖啡馆举办研讨会。

可是，咖啡师除了技术的提升之外，还必须让咖啡成为商业行为，绝对不能忘记那份让一般消费者都觉得"好喝"的努力。

每个人都有不同的喜好，品尝的方法也因人而异。如果客人觉得加砂糖比较好喝，那就请客人随自己的意愿斟酌添加。如果专业人士强迫客人说："不要加糖，我希望你可以品尝到萃取咖啡的美味。"这样会吓跑一般消费者。罐装咖啡也有无糖的种类，可是销售比例偏低，而咖啡牛奶如果不加砂糖，肯定卖不出去。其实，希望在咖啡里加点甜味的人还不少。浓缩咖啡加了砂糖，就会变得更加美味。如果有人主张"我喜欢不加糖"，那也没有关系。在意大利，也有人会拿面包蘸着咖啡杯底残余的砂糖吃，也有人会把砂糖撒在卡布奇诺的上面，先吃掉甜甜的奶泡，再把咖啡喝掉。浓缩咖啡应该依照个人喜好去品尝，这是我在意大利学到的。

所以，我希望培养出能够给予客人"请按照个人喜好自由品尝咖啡"这种忠告的咖啡师。尽管比赛的推动可以培养出技术优异的咖啡师，但是我更希望培养出以商业为重要考量的专业咖啡师。当有更多客人满心喜悦地说"好喝"的时候，对咖啡师来说，那就是最大的喜悦。

让客人开心的工作

还有另一件事情，那就是身为一名咖啡师的心得。

我在位于米兰郊外的塞雷尼奥（Seregno）的某咖啡吧研修时，曾经吃尽了苦头。那个咖啡吧就在教会附近，教会每个星期天的早晨都会做礼拜，所以店里总是非常忙碌。有一次，有位年长的女性客人说："卡布奇诺帮我加冰牛奶和温牛奶各半。"这时候，指导我的咖啡师非常地开心，就照着那位客人的指定提供了咖啡。忙碌告一段落之后，我跟咖啡师说："在那么忙碌的时候，接到那么麻烦的订单，你居然还那么开心？"结果他说："你在说什么？因为那个时候你露出一脸不耐烦的表情，所以我才更要笑脸相迎地端上咖啡，这样客人才会更开心。"这时我才猛然惊醒，其实我自己并没有露出那种表情的本意，却还是显露在外了。那个时候，我总是会由于工作不顺畅而满腔怒火，心情丝毫无法放松。这件事让我学到了咖啡师的待客之道。

咖啡师这份工作的关键之处就是让客人开心。现在只要去便利店，就可以买到100日元（约人民币6元）左右的现冲咖啡。那么，我们该如何走出不同的风格呢？正因为咖啡师是咖啡专家，所以才能一边和不同的客人交谈，一边提供符合客人喜好的咖啡，意大利的咖啡吧就是这样。当客人说"今天想喝清淡点的咖啡"，咖啡师就会以稍微减少咖啡粉、多加点热水的方式，调配出客人想要喝的咖啡。浓缩咖啡有特浓（Ristretto）、淡式（Lungo）、玛奇雅朵（Macchiato）等各种种类，而且意大利都会免费提供牛奶，并且依照个人喜好，以不打泡或冰凉等方式直接提供。饮料的制作比料理来得简单，而且可以依照客人的喜好添加，一点都不麻烦。我总是跟年轻的咖啡师说："如果便利店的咖啡品质有所提升，那就善用便利店所没有的领域（服务），让客人开心吧！"

现在，咖啡的品尝方法非常多，可是具有各种品尝方式的只有浓缩咖啡。一杯浓缩咖啡只要加上奶泡，就成了卡布奇诺；加上巧克力酱就是摩卡咖啡；加上焦糖酱则成了焦糖拿铁。这些种类的咖啡，就算是不擅长喝咖啡的人也会觉得美味。如果客人是要冰的，只要把浓缩咖啡放进装了冰和牛奶的杯子里搅拌，就成了牛奶味道醇厚的冰拿铁。唯有专业的咖啡师才能通过这些丰富的变化，让客人品尝到浓缩咖啡的美味。

听说，现在的咖啡才艺班有许多学生报名。比起料理或甜点技术，咖啡不仅可以在短期内学会，还可以在客人面前展示个人技术，自然报名学习的人就会多。以成为首席咖啡师为目标而参加比赛的人，不仅可以强化自己的技术，同时可以增加自己的知识。甚至，让每位客人感到开心也是咖啡师必须加以磨炼的部分。希望每个咖啡师都可以营造出轻松、自由的气氛，把浓缩咖啡的魅力传播出去。

CIMBALI
LA CIMBALI

横山千寻

Bar Del Sole

当地品尝的浓缩咖啡

过了20岁之后，我就进入餐饮业，刚开始在法国餐厅工作。之后，经营那家餐厅的公司打算成立一家意式冰淇淋店，而派遣我前往意大利进行商品开发。我在当地向意式冰淇淋的老前辈加布里・黑策尔（Gabri Hetzel）学习制作方法。黑策尔先生非常重视意大利传统，不过我还是试着结合日本当地的食材，希望调配出日本人喜爱的口味。刚开始，艾切鲁先生持反对意见，认为“那种制作方法根本不可能”，不过在试吃过我制作的意式冰淇淋后，他终于认同我了，“原来也可以制作出这种味道”，真的让我感到非常开心。他重视传统的那份热情仍旧令我非常敬佩，而这个想法同时奠定了我日后对传播咖啡师文化的信念。

在距今20多年前，我由于意式冰淇淋机而结识了FMI股份有限公司的根岸清先生。他问我：“我要在日本开一家正统的意式咖啡吧，你要不要跟我一起做？”这时候，开始对咖啡吧产生兴趣的我便前往意大利，开始了咖啡吧巡礼和咖啡师的学习生活。

其实，在这之前我并不喜欢喝咖啡。20岁左右，第一次喝浓缩咖啡的时候，我在没有加砂糖的情况下，忍着苦味小口小口地喝。当时对咖啡留下了不太好的印象，心想：“为什么非喝这么苦的东西？”

可是，那个印象在意大利被彻底颠覆。意大利当地的正统浓缩咖啡和卡布奇诺，跟日本当地完全不同。刚开始，我在饭店点了卡布奇诺，结果端上来的并不是日本当地常见的上面放着鲜奶油，再附上肉桂棒的卡布奇诺。那杯卡布奇诺上面的浓稠滑顺奶泡，有着超乎想象的美味。街边咖啡吧的浓缩咖啡更是让我惊艳不已。我模仿对桌客人的喝法，加了六克的砂糖后充分搅拌，分三口喝掉，结果“好喝！这种味道太棒了”！咖啡本身的甜味、苦味和酸味在嘴里瞬间扩散，香气涌入鼻腔。

原本不喜欢喝咖啡的我，在意大利喝到真正的浓缩咖啡后，居然觉得咖啡“很好喝”！我想，不了解咖啡美味的人肯定很多，所以我就更希望把这个味道推广出去。这就是我决定迈向咖啡师人生的瞬间。

之后，我在米兰的咖啡吧La Terrazza学习。由于过去我只接触过浓缩咖啡机，所以每天不断地失败，几乎学习不到什么技术。不过，我觉得萃取技术只要反复练习就没问题，咖啡吧的氛围和咖啡师的动作等只有在当地才能学到的细节，是比萃取技术更重要的因素。因为在咖啡吧工作的日本人很少见，所以客人经常主动找我攀谈。只要我说“我来学习当咖啡师”，他们就会热情地向我介绍意大利的文化，或者告诉我常泡咖啡吧的原因。这些话题使我对意大利的咖啡吧文化有了更深一层的认识。

以客为尊的一流咖啡师

我在意大利停留了半年左右，除了仔细观察咖啡师的动作之外，还到处喝浓缩咖啡，并且把自己的感想记录在笔记上。另外，我还会把咖啡师的动作录下来，并在事后拿出来观看，努力练习萃取。通过看视频就可以理解在现场没有察觉到的细节和动作的用意，非常受用。

虽然我并没有在意大利的咖啡吧工作太久，不过我却巡游了从北到南的咖啡吧，以客人的身份实际感受了每家店的氛围。例如，南意大利的那不勒斯是硬水，所以使用的咖啡粉量比较多。在这过程中，我还学到了冲压制作浓缩咖啡。

每次去一流的咖啡吧时，我首先想到的事情就是，“意大利的咖啡师动作干净利落又快速”。

观察过咖啡师的动作后，我发现最重要的就是一连贯的操作流程。从客人点单到咖啡端上桌的这段时间，只要观察一流咖啡师的动作，就可以知道哪些动作是真正必要的。摆放杯组或工具的场所或高度，同样也要考量到取用的方便性。甚至，曾经看过不使用填压器进行萃取等非常规的情况。那时候，我的脑中便会浮现出“填压到底是为了什么”之类的基本性疑问，并且从中找出答案。

然后，我还学到了另一件事，那就是“咖啡师总是把视线放在客人身上”。

当时，意大利人在我眼里就像是从同一个模子印出来的似的，我根本没办法清楚分辨出客人。客人把发票根放在收银台，我抬起头准备递出做好的饮料时，常常碰到客人已经从我眼前消失，移动到吧台（Banco）的情况。所以，有经验的咖啡师经常跟我说：“衣服的颜色、领带的花纹，以及身上配戴的饰品都可以当成辨识的线索。”

意大利当地几乎没有兼职性质的咖啡师。因为大家都抱持着专业心态，所以就算专注于订单的制作，仍然不会忘记收取发票根，也不会有听错的情况。他们陆续接受订单，然后逐一确认“你要卡布奇诺，他是咖啡（浓缩咖啡）”，不断提供客人需求的专注态度，让我觉得非常感动。我发现，咖啡师在制作浓缩咖啡的同时，仍然会不断往客人的方向观望。就连客人放下发票根之后的动作，他们也会加以确认。这种“以客为尊”的态度，让我受教许多。那个时候，因为我对意大利语还没有非常熟悉，所以更能够实际感受到直视客人目光、体察客人情绪的重要性。通过自己的双眼去看，然后在脑中分析，自然就能加深理解。

咖啡吧是交际、休憩的场所，同时是邂逅的地点。如果要让人与人的关系更加紧密，咖啡师就必须学会面面俱到，同时积累自己的人生经验。然后，以开朗的笑容接待客人，并让自己成为更好的谈话对象。这就是我在当地咖啡吧学习到的咖啡师精神。

Cappuccino: stile di vita italiano

“单份浓缩咖啡”吧台价148日元（约人民币9元） 桌位价300日元（约人民币18元）（不含税）

“冰摇咖啡”吧台价350日元（约人民币21元） 桌位价500日元（约人民币30元）（不含税）

日本人首次参赛的WBC（世界咖啡师大赛）

我在2002年和2004年的JBC（日本咖啡师大赛）中获得了优胜，并且在2002年以首位日本代表选手的身份参加了WBC（世界咖啡师大赛）。

我首次参赛的WBC（世界咖啡师大赛）在挪威的奥斯陆（Oslo）举行。其他国家的参赛者都带领着支持者，以团队的形式参加比赛，我则是只身一人前往。不管是行程的确认，还是练习场地的确认，全部都是自己进行。现在回头想想，当时的自己还挺厉害的。

不过，孤身一只狼的我还是能碰到幸运的事情。那就是我在比赛中结识了意大利的冠军路易吉・鲁皮（Luigi Lupi）。他在看了我的练习后，主动上前问我：“你是日本人？曾经在意大利工作过吗？”我反问：“为什么这么说？”他回答：“因为你的动作就跟意大利的咖啡师一样。”由于这个契机，意大利队不仅给了我许多协助，甚至还在我比赛的时候坐在最前排的座位为我加油打气。明明只身参赛，现场却有意大利队为我加油，所以会场内还飘散着“他是何方神圣”的猜测。结果，虽然我只拿到第九名的成绩，无法进入决赛，但第一次参加的世界大赛总算是顺利结束了。

之后我又参加了2004年的WBC（世界咖啡师大赛），比赛地点就是我当初开始咖啡师人生的起点——意大利。这时候，我怀揣着“报恩”的强烈心情前往意大利。这场比赛举行的时候，JBC（日本咖啡师大赛）的组织也已经成立，所以我就以日本队的名义参赛。这样一来，不仅食材和备品的搬运变得更轻松，还有了解比赛规则的指导者，甚至还有翻译同行，连语言的问题都解决了。在奥斯陆的时候，虽然我用英语做了15分钟的介绍，但是如果有“熟知味道表现”等专业用语的翻译，心里自然就会更加踏实。就这样，整个团队齐心协力，在训练过程中仔细检查每个细节，为比赛做好万全的准备。当时的主题是“热爱日本与意大利”，身上穿的制服是用和服制作的，就连餐垫也是采用和服的布料。我以日本庭园为意象，把砂糖罐放在寿司台上面，以此强调日本格调。不过，我还是很重视意大利咖啡师的待客之道，同时很注意浓缩咖啡萃取时的形式和协调。

那时候，卡布奇诺的奶泡状态不是很好，所以我就即兴画了四个心形，说：“我制作了四个心形，祈求世界和平。”这着实给翻译添了不少麻烦。大家都说我是“即兴的横山”，就算是比赛，也不准备原稿。由于我把观众和评审当成客人看待，比起说明来我更希望让客人先品尝味道，同时，我也希望用自己的话来加以表现。我认为不管身在何处，与客人之间的交流才是最重要的事情，这样才能发挥出自己本身的能力。结果，我得到了第十名。比赛的名次固然重要，但我更高兴自己能够在这场大赛中充分表达我对咖啡师这个工作的理念。

参加这种比赛的咖啡师就像是“F1赛车手”。使用世界最棒的机器（浓缩咖啡机）和燃料（咖啡豆），展现出最高的技术。对我来说，参加比赛的经验积累可以让我有所成长，具有很大的意义。从另一方面来看，如果把咖啡师比喻成司机，那咖啡师就像是“计程车司机”。F1赛车手的任务是展现高超技术，而计程车司机则是必须让乘客“安心”“安全”搭乘，才能获得金钱回报的职业，咖啡师也一样。有客人的存在，我们才有生意可做，所以我们应该重视那些来店里喝咖啡的人（客人），我觉得这是目前日本咖啡业界最欠缺的理念。

我曾在某个地方看过一篇问卷调查结果，问卷调查的题目是“你觉得最不可欠缺的食物是什么？”。第一名是米，第二名是妈妈的料理，第三名是咖啡。仅从这一点就可以知道，对日本人来说，咖啡已经成了生活必需品。实际上，人们都在喝些什么样的咖啡？市面上充斥的即溶咖啡和罐装咖啡，就足以说明当前的现状。罐装咖啡是日本优秀的咖啡文化之一。以便利性作为市场开发的取向，不仅品质优异，而且种类繁多，真的是非常好的构思。在这种情形下，味道、服务、空间等附加价值，不正是我们所必须思考的重点吗？

近年来，世界各地所追求的饮食条件就是“安心、安全”，还有“稳定”。咖啡也一样，每日稳定供应也是必需的。

意大利的浓缩咖啡混合了五种之多的咖啡豆，为的就是让客人在享受多层次味道的同时，让味道更加稳定。就算其中一种咖啡豆的价格飙涨，只要采用五种咖啡豆混合的形式，就可以寻找另一种可以替代的咖啡豆，以此取得平衡，并以相同的价格，给客人提供味道不变的咖啡。意大利的咖啡师就是这么深思熟虑。如果采用单种咖啡豆或两种咖啡豆混合，当咖啡豆的价格飙涨时，店家就必须把浓缩咖啡的价格提高三倍，或者暂停提供咖啡的销售。对客人来说，这就等于背叛。

我所尊敬的意大利咖啡师路易吉・鲁皮说：“随时让客人开心，提供货真价实的商品，才是最重要的。”我也有同感，“以客为尊，不断与客人亲近、沟通”的待客之道是我一贯坚持的，同时我也一直希望通过“美味的咖啡”，消除人们对浓缩咖啡的误解。这正是我作为一名咖啡师的目标。

所谓的咖啡师，并不是单纯泡咖啡、卖咖啡的工作，那是指在收银台里面工作的人。如果以做咖啡师为目标，最好还是切实了解初衷。希望大家都能在这个基础上，找寻到自己想成为的咖啡师风格。

BAR DEL SOLE
2001
Banco Menu
MARTINI

CAFÉ ROSSO外的潟湖景色

门胁洋之

CAFÉ ROSSO beans store + cafe

靠自家烘焙咖啡和浓缩咖啡打造独特风格

身为烘焙咖啡师的我是第二代的咖啡职人。我的双亲在日本岛根县安来市经营名为“Salvia咖啡”的店铺，因此我从小就经常接触咖啡。父亲在我中学二年级的时候开始做自家烘焙。我从小就有喝咖啡的经验，可我是从父亲开始烘焙咖啡豆之后，才开始觉得咖啡好喝，并且对咖啡豆的烘焙产生兴趣的。我也是从那个时候开始产生“长大后想开一家咖啡厅”的念头的。Salvia咖啡大多是些年长的客人，如果自己开店，我希望也能让年轻人了解咖啡的美味。可是，我觉得光靠咖啡还是很难实现那个梦想，所以高中毕业之后，我就去日本大阪学习蛋糕制作。我在大阪北摄拥有数家分店的法式甜点中央厨房做了六年的学徒，学会了甜点制作的技术，甚至自行设计食谱。

我在1997年回到故乡安来，在Salvia咖啡工作，在父亲的身边学习咖啡豆的烘焙和萃取。当时，在东京银座开业的“星巴克咖啡”创始店掀起讨论话题，我也跑去尝鲜，那就是我和浓缩咖啡的第一次邂逅。星巴克咖啡有许多使用浓缩咖啡创新而成的商品，那种宛如靠一杯咖啡改变生活的感觉，让我感到非常兴奋。之后，听说东京初台的“DOLCE VITA”的咖啡拉花很厉害，我也亲自跑去一探究竟，发现真的很漂亮，非常令人感动。这个时候，我便有了这样的想法，如果有自家烘焙的咖啡、浓缩咖啡、咖啡拉花，还有蛋糕，“就能打造出独一无二的店”。之后，我就去了浓缩咖啡的发源地意大利，结果我迷上了当地的正统味道，便把那个味道当成自己的目标。

开业地点位于连接鸟取县安来市和米子市的国道沿线，是过去祖父经营荞麦面店的场所。我一直就很喜欢红色，咖啡的果实也是红色，再加上店里的装潢也是以红色为基调，所以店名就采用了意大利语的ROSSO，意思就是“红色”。开业之前，我参加了FMI股份有限公司的讲习会，并学习了浓缩咖啡机的使用方法，刚开始，我买了双头的CIMBALI咖啡机，每天用掉30瓶牛奶练习咖啡拉花。总算能够在开业的时候，做出兔子、人脸等拉花的卡布奇诺了。

1999年，“CAFÉ ROSSO”以自家烘焙豆商店和咖啡厅的复合式餐厅开业。由于位于交通流量大的场所，所以从初开业时就有许多客人上门，可说是非常好的开端。随着每天的营业，我渐渐熟练了浓缩咖啡的做法，也掌握到咖啡拉花的诀窍。然后，开业两年之后的2001年，某个制造商的业务员告诉我JBC（日本咖啡师大赛）的消息。我认为那是个了解自己能力的好机会，所以就报名参赛了。我在那场比赛中获得优胜，同时赢得了开创咖啡师人生的最大转机。那个时候，我还经历了另一个重大的体验。那就是亲眼看到以评审身份出席大赛的WBC（世界咖啡师大赛）冠军马丁・希尔德布兰特（Martin Hildebrandt）的精湛示范。

以憧憬为目标，持续挑战的咖啡师竞赛

大部分正统的意大利咖啡吧都会事先把咖啡豆研磨好后存放，所以CAFÉ ROSSO刚开始也是采用相同的做法，可是，马丁则是使用刚研磨好的咖啡豆来制作每一杯咖啡。另外，他的填压、蒸煮等动作也有许多令人惊叹的部分。马丁的纯熟动作，让我深刻感受到“自己对咖啡技术的认知有多么贫乏”。为了让自己更了解世界水平，我亲自去观看了隔年的挪威的WBC（世界咖啡师大赛），深深觉得不能让自己停留在当时的水平上。2003年，我购入了Marzocco Linea的机器，并且在竞赛之前打造了竞技台，模拟正式比赛的情况进一步练习。那一年，我获得了第二次JBC（日本咖啡师大赛）的优胜，并且以日本代表的身份，在我所憧憬的WBC（世界咖啡师大赛）舞台上参加竞赛（2001年时，日本并未获得WBC的参赛权）。结果，我得到了第七名，距离决赛仅一步之遥。对我来说，那年获得胜利的冠军保罗・巴赛特（Paul Bassett）宛如神一般的存在。他所冲泡的浓缩咖啡，在强烈的咖啡香味中还蕴藏着巧克力口感和恰到好处的酸味，真的非常好喝。之后，我和保罗深入交谈的时候，他跟我分享了参加WBC（世界咖啡师大赛）比赛时曾请求心理培训师的协助、寻找烘焙师等合作、以团队身份参加大赛等非常珍贵的心路历程。保罗的比赛练习内容是准备15分钟、比赛15分钟、整理15分钟，一年下来一共练习了100次之多。既然如此，以后我应该练习150次才对！

在大赛中，我表现了“自己喜欢的味道、希望呈现的味道”（和现在的规定不同）。大赛用的咖啡豆是自家烘焙的独家咖啡豆，所以我希望强调咖啡豆的魅力，同时以绝无仅有的招牌饮料（使用棉花糖的特色等）作为亮点。2002年开始，我每年都会去观看世界大赛，当时通过网络观看竞赛视频并不那么容易，所以我会亲自录像，然后反复观看、研究。当时几乎没有前往观看世界大赛的日籍咖啡师，在我亲眼观看过大赛之后，我一直坚持“只要这么做就一定会成功”的想法，所以对自己的获胜一直非常有自信。2004年的JBC（日本咖啡师大赛），我由于失误只拿到第三名，不过在2005年三度挑战JBC（日本咖啡师大赛）的时候，我终于赢得了JBC（日本咖啡师大赛）冠军，同时在该年的WBC（世界咖啡师大赛）中留下了第二名的好成绩。在那之前，我之所以想挤进大赛，是想了解自己制作的咖啡能够有多少接受度，同时也“希望自己能更进一步贴近保罗或马丁”。

JBC（日本咖啡师大赛）获胜之后，CAFÉ ROSSO在电视和杂志等媒体上有了更多的曝光机会。在媒体宣传的影响下，不管是餐厅还是我本人，生活都变得更加忙碌了。不仅邻近周边，有时还会有远道而来的客人，最多曾一天达400人次。客人的第一个目标是拉花卡布奇诺。由于利用倾注方式所画出的叶子或心形拉花在其他地方也可以经常看到，再加上CAFÉ ROSSO的客人似乎都比较偏好动物图案，所以自开业以来，我都是使用手绘方式画出猫咪、熊猫、熊或兔子的艺术拉花。

追求日本的意式浓缩咖啡

当时，我每天都埋头于冲泡浓缩咖啡、画咖啡拉花的重复动作，总之就是拼了命地处理一张又一张的订单。有时我会发现自己只是流于形式，然后就会告诉自己：“不可以这样！”当这样的情绪变强烈后，“希望打造一家咖啡专门店”的想法就更加根深蒂固了。接着，当有更多客人前来品尝卡布奇诺的时候，想制作出美味卡布奇诺所不可欠缺的优质咖啡豆、好的浓缩咖啡的意念，就会变得更加强烈。由于烘焙量逐年增加的关系，我终于在2009年引进了盼望已久的PROBAT烘焙机。PROBAT是更容易诱发出原料美味的烘焙机。自从引进这部机器之后，咖啡的味道变得更棒，“希望做得更好”的心情也就变得更强烈了。基于这样的缘由，我在2011年时把店里重新改造成过去所描绘的理想样貌，把“咖啡豆店＋咖啡厅”的形式，转变成以咖啡豆销售为中心的形态。同时，还成立了探究浓缩咖啡，并发表相关活动及成果的“浓缩咖啡研究室”。我通过重新装潢，把原本有40个座位的咖啡厅空间缩减了一半，只剩下20个座位，然后把剩下的空间改成咖啡豆销售区和专用收银台。我也重新检视了菜单的内容，以可以简单品尝美味咖啡的咖啡厅为主轴，严格筛选了几种咖啡和蛋糕产品。

咖啡豆的商品种类大约有15种。浓缩咖啡混豆和ROSSO混豆分别有4种，另外还有当季的混豆、深度烘焙的浓醇混豆（Dolce Blend）、单一产区的单品咖啡（Single Origin）、一般烘焙的单品咖啡（约4种）。2014年时，“浓缩咖啡研究室”销售的第一件商品是以我在佛罗伦萨喝过的全浓度（full-bodied）浓缩咖啡作为形象的浓缩咖啡混豆。滤挂式的包装方式非常受欢迎，礼品等方面的需求也有增加的趋势。招牌商品是“浓缩咖啡混豆”和“ROSSO混豆”，不过，我对浓缩咖啡混豆的情感还是比较深厚的。我当初就是先在星巴克咖啡认识了浓缩咖啡，之后又在正统的意大利咖啡吧品尝到浓缩咖啡，才会迷恋上浓缩咖啡的味道，希望让自己更加贴近那个味道，而浓缩咖啡就是CAFÉ ROSSO的原点。对我来说，最大障碍就是我制作的浓缩咖啡至今仍然无法达到理想的味道。明明知道“标准答案”，可我还是不断在其中挣扎，每天不断地尝试制作。

我心目中的理想味道是2014年在意大利当地考察时喝到的浓缩咖啡。那一年，我为了重新找到自己身为咖啡职人的原点而造访了意大利的五座城市，结果我在那不勒斯的老字号咖啡厅“Gambrinus”，品尝到我心目中所认定的那种“真正的味道”。那杯浓缩咖啡有着宛如焦糖和巧克力调和后的奢华口感，闻的时候、喝的时候和入喉之后的味道，全都截然不同。入喉之后，嘴里还残留着香甜的余韵，让人想再来一杯。喝了一杯之后，我感动了好一阵子，接着又点了第二杯。结果由于实在太喜欢了，所以隔天又去喝了三杯。

浓缩咖啡除了萃取出咖啡豆的味道之外，在嘴里的“协调”和“调和”更为重要。为了调配出那个味道，我以1℃作为调整单位，反复上下调整烘焙机的温度，也尝试了好几种不同的烘焙方式，同时试着与其他咖啡豆混合，并且不断试味道。浓缩咖啡的咖啡豆和深度烘焙用的咖啡豆要持续烘焙至呈现出似焦非焦的状态为止，同时要随时找出产生焦糖香气的关键。咖啡豆烘焙完成之后，我一定会在把商品陈列至店内之前，先确认咖啡豆的味道。如果是浓缩咖啡混豆，我就会以浓缩咖啡的方式确认味道。如果是其他咖啡豆，我就会用滴滤等方式确认萃取之后的味道。

我现在每天的烘焙量大约是30～40千克，平均一个月1吨左右。以前都要把烘焙好的咖啡豆熟成，可是自从把烘焙机换成PROBAT之后，咖啡豆的烘焙状态变得更好，加上浓缩咖啡机也引进了可以自由改变气压的Marzocco Strada EP，所以现在都不需要熟成。我觉得没有经过熟成的咖啡豆能够产生更浓郁的香气。

在咖啡豆销售方面，前来批发的客户也增多了，日本各地的咖啡厅、茶吧，意大利餐厅，法国餐厅、咖啡吧都有我的批发客户。批发商的寄送业务、通路的营运、咖啡厅的杂务，主要是由我的妻子负责，我自己则专注于味道的调配。多亏我的妻子和工作人员，CAFÉ ROSSO才得以正常营运。

我店里的招牌商品，也就是浓缩咖啡混豆“Basic”，以巴西咖啡豆为基础，再加上埃塞俄比亚摩卡等五种阿拉比卡（Arabica）咖啡豆混合而成，而所有的浓缩咖啡混豆都必须进行咖啡豆的验证。验证是为了了解现在使用的咖啡豆是否恰当，同时要寻找是否有更适合浓缩咖啡的咖啡豆。因为每个客人冲泡咖啡的方式都不相同，所以更要努力制作出不管怎么冲泡都美味的咖啡。味道的制作没有尽头，唯有浓缩咖啡才能一点一滴地接近理想的味道，所以一切的努力都是值得的。

虽然我把工作的重点放在烘焙师的工作上，但在另一方面，我也没忘记自己身为咖啡师的重要任务。每次受邀担任研讨会讲师或表演者的时候，我几乎都是以咖啡师的身份出席。另外，我之所以能够在JBC（日本咖啡师大赛）获胜，也是因为我用自己制作的咖啡豆冲泡浓缩咖啡，并且获得了正面评价，对我来说，等于是自己的烘焙师和咖啡师身份同时得到了认可，因此我一直很重视“自己是烘焙师也是咖啡师”的这个自我意识。积累了许多咖啡师经验和实绩的自己，非常了解咖啡师所要求的味道和烘焙师想做出的味道稍有落差的那种感觉，所以我一直希望以烘焙师的身份找出符合双方需求的味道。

在咖啡趋势不断改变的现在，如果没办法提供“独一无二的味道”，一切都没有任何意义。日本国内也有美味的单品咖啡豆流通，简单、朴实的味道当然十分出色，可是让各种咖啡豆的味道均匀调和，制作出一杯独一无二的浓缩咖啡，让喝过的人通过浓缩的美味，充分享受最棒的气氛和时间，和客人一起分享那份感动和喜悦，那是我可以做以及想做的事情。

追求成为日本意式浓缩咖啡的烘焙师兼咖啡师，正是我的最大优势。我的目标就是让所有人都认同咖啡的美味，制作出让意大利人从心底敬佩，超越正统意大利味道的浓缩咖啡。让我在意大利赞不绝口的浓缩咖啡，在日本当地以“美味咖啡”的形式继续推广开来。

田中胜幸

BEAR POND ESPRESSO

“学习”在纽约所接受的训练

我的咖啡师人生起源于纽约。我在美国FedEx总公司，以全球客户经理这个职衔负责全球企业物流的统筹职务，工作采用24小时待命的形式，每天都过得非常忙碌。

2001年的时候，纽约当地陆续开设了几家提供精品咖啡、美味浓缩咖啡的咖啡厅。这个时期，我常因工作压力过大到这种咖啡厅喝浓缩咖啡，通过咖啡香来疗愈自己的心灵。

那段时间，有很多咖啡厅开设以一般民众为对象的浓缩咖啡教室，而我在报名参加的其间，也逐渐对浓缩咖啡产生了兴趣。

自从参加了2005年开始每周在“反文化咖啡（Counter Culture Coffee）”（以下简称CCC）举行的Public Cupping（公众品尝）之后，我便决定学习正统的浓缩咖啡技术。过去我任职于广告代理商的时候，曾经负责过罐装咖啡的广告制作，所以对咖啡的基础知识有所了解。可是，处于第三波咖啡浪潮的他们，当时是以截然不同的观点去解读咖啡的。对于浓缩咖啡的热情（激情），加上他们所给予的刺激，我逐渐被浓缩咖啡的世界所吸引。然后，在CCC的杯测指导员凯蒂・卡古洛（Katie Cargiulo）的推荐下，我决定参加“Counter-intelligence”活动，一边持续FedEx的工作，一边花两年左右的时间累积咖啡师的知识和训练的经验。

CCC的训练中心位于华盛顿哥伦比亚特区，训练从早上9点开始。由于我住在纽约，所以凌晨4点就要出门，先搭乘计程车，然后转搭电车前往训练中心。中午之前是讲习课程，讲习的内容包含咖啡的历史、咖啡豆的结构、杯测（Cupping）、咖啡豆的品种。他们还会邀请大学教授进行土壤或技术领域方面的讲习，全面讲解所有与咖啡相关的知识。下午是浓缩咖啡的实习训练，课程在下午4点左右结束，然后我要花四个小时的时间回家，回家之后才能处理自己的工作，这就是我一整天的行程。

凯蒂说：“成为咖啡师的唯一途径就是不断积累经验。”专业和业余爱好者的差异就在于付出了多少时间和精力。除此之外，速度、准确性和精力的优异也是必要条件。当时，纽约的咖啡师平均每人每天冲泡200杯浓缩咖啡。这么惊人的数字靠的不仅仅是体力而已，而是从开始一直到最后，味道都不会有丝毫改变的技术和信念，如果咖啡师没有这样的能力就会遭到淘汰。咖啡师除了制作浓缩咖啡之外，并不会做其他的事情。他们不会与客人交谈，甚至连“欢迎光临”都不会说。他们总是将注意力集中在浓缩咖啡机面前，一心一意地制作最棒的咖啡。那样的纽约咖啡师深深吸引了我。

2007年开始，我在“Gimme! Coffee”的老板凯文・卡德巴克（Kevin Cuddeback）的协助下，通过训练师马克・哈里斯（Mark Harris）的指导，接受了正式的训练。使用的机器是三孔的FAEMA E61，浓缩咖啡豆则是“Gimme”免费提供，可是训练师交代“牛奶要自己买”，所以我每天都会买五瓶4L的牛奶。这种每天努力挤出训练时间，并且制作100～200杯浓缩咖啡或拿铁的艰苦训练，持续了一年左右。

在训练其间还曾发生过这样的事情。某天，我像往常般打开浓缩咖啡机的电源准备训练，可是机器没有产生蒸汽，而马克在一旁袖手旁观，说：“自己找出原因吧！”之后，我终于找到了原因，才知道马克故意把水槽的水漏掉。这台机器是单槽，是靠槽内的水位高度来计算压力的。咖啡师必须一边观察机器的状态，一边调整冲泡的技巧，马克就是想测试我是不是真的了解这一点。

对于不了解原因的我，马克感到非常愤怒，他说：“你只是单纯地按下按钮，靠机器冲泡出咖啡而已。你这样根本不算是个咖啡师。你只是直接使用调整好的机器罢了，根本不了解‘咖啡师的意义’。这个世界没有你可以生存的地方，你还是回你原来的世界去吧！”这番话当然也传到了凯文的耳朵里，于是他也把我叫去斥责了一顿：“你真的有心想做吗？我们可不是由于好玩才教你的！Get out！”

总之，过去的一切就宛如一场梦似的，之后我已经不记得每天做过什么了，只记得大家都嘲笑我：“每次阿胜一来，店里就会变得很干净。”或许过去的我只是拼了命地在打扫吧！不过，当时听到的“咖啡师的意义”这句话，彻底改变了今后我对浓缩咖啡的看法。

我不再用过去的知识去看待一切事物。在训练过程中，只要碰到不懂的事情就会马上抛出问题。例如，当训练师说“从这个角度去做”，我知道肯定有某种特别的理由，所以会马上提问“为什么一定要采用这个角度？”，或者“为什么牛奶要采用这种温度？”等。就像个充满好奇心的孩子那样，对所有理所当然的事情抱持疑问。

由于那个事件，马克还设计了一个相互把机器的某个零件拆下，然后想办法找出缺少的零件并加以修复的游戏。之后，我们还一起修理了放在屋后车库里的旧摩托车，感情变得像兄弟一样。为了积累经验，我还买了咖啡机，放置在自己家的厨房里，在家里不断地训练。接连不断的填压动作让我的手指变粗，形状也随着填压器而变形。

然后，我在2008年通过了“反文化咖啡”的鉴定考试，并且获得了咖啡师的资格。我所收到的资格证明是刻了我的名字的填压器。之后我才知道，全世界只有五个人从老板彼得・朱利安诺（Peter Jiuliano）的手中得到填压器这个咖啡师认证。

2008年时，我还在美国的西村“Joe”举办的公众品尝中，猜中了所有咖啡豆的原产地，被纽约时代杂志介绍为“拥有灵敏味觉的男人”，因而成了美国咖啡师中的传奇人物。

BUNN
HOT
WATER
SYSTEM
La Marzocco

TO
SEXY!

垂在浓缩咖啡杯缘的“Angel Stain”（天使污点），正是优质咖啡的证明

“暗黑界”跳脱负面情绪

虽然我成了纽约人们口中的传奇咖啡师，但是在迈向成功的路途上仍然有许多磨难。

虽然我在1998年取得美国的永久居留权后一直在美国生活，但是在当地人的眼里，我依然是个日本人，待遇也有所差异。我非常清楚，这也是无法改变的事实。

刚开始，明明没有人想要主动跟我说话，可是，当对方得知我在公司担任要职之后，就会渐渐找我攀谈。这个时候，我的想法是，大家之所以对我那么亲切，完全是因为我是大企业的全球客户经理。如果不是那样，就算我主动问些什么，大家肯定也只会冷冷地回我一句“不知道”。

“原来这就是过去的我。”一想到这里，不禁令我愕然。“我过去的人生到底都在做些什么？原来我是个由歧视、孤独、嫉妒、怨恨塑造出来的虚荣怪兽。过去的我根本就像个活死人。问题不在于社会，错就错在我选择了错误的人生。”当我这么想的时候，我真的十分沮丧。

那时候，我正处在既不像日本人也不像美国人的尴尬处境，感觉就像个不属于任何环境的怪物似的。虽然会说英语也懂日语，但是两边的环境都无法适应。没有人了解这样的我。要在这个环境生存，只能走一步算一步。不知不觉，我逐渐迷失在超出自我的未知世界里，甚至烦恼自己是不是已经成了损坏的不良品。

可是，就算再怎么为自己走过的人生祈祷，也只是虚度光阴罢了。回头看看过去，我才发现自己的弱点、歧视、孤独、嫉妒、怨恨，只有自己才能体会。“不如今后就和这些家伙和平共处吧！”当我这么决定之后，我的心中突然涌现出无限的能量。

经过这种状况，摔到谷底的我变成了什么样？被压迫的时间虽然很长，但是直截了当的提问不仅增加了自己的知识和技术，一切的根本也在不知不觉中比其他的伙伴更加稳固。当地基打稳之后，自己的应用力也跟着提升了。然后，当我把歧视、孤独、嫉妒、怨恨往自己身上揽的时候，我会向周遭的人求助，找出全新蜕变的自己，把那些负面的情绪当成挑战的伙伴。在纽约，为了维持满满的战斗力，我会以那个时候的心境状况为基准点。现在的我，急于从浓缩咖啡文化的扭曲黑暗中找出浓缩咖啡的全新魅力。如果没办法跨越比当时更严苛的考验，就没办法找出全新的浓缩咖啡世界。正因为如此，现在的我仍然在跟内心深处那个“充满沮丧、嫉妒与悔恨情绪”的自己战斗。由于那个时代是自己人生中最充满斗志的时刻，那时候的自己才是真正的自己。所以我至今仍会把每一天当成全新的一天，就是为了不把当时的自己遗忘。

PEOPLE
HAVE
TO

BUNN
Trident
COFFEE

CHEMEX

在咖啡机面前的咖啡师是王者

“Gimme! Coffee”的凯文曾再三跟我说过：“不要迎合他人，要相信自己的团队。”凯文说：“纽约有各种各样的人。纽约客一向为自己感到自豪，经常认为自己就是最棒的。如果要迎合他们，就不需要Gimme的存在了。我们要相信自己的伙伴，制作出自己的味道，这就是我们的工作。”

“在咖啡机面前，咖啡师就是王者。不要对我的做法指手画脚！”当时的咖啡师都以这种强烈的信念面对浓缩咖啡，充满了战斗力，所以客人也不会要求什么恭维、殷切的接待，接待是其他员工的工作。这就是我们在纽约营造出的浓缩咖啡文化。

“不要为了别人制作浓缩咖啡，要为了自己而做。”我就是如此被教育的，不管别人怎么说都没关系。浓缩咖啡是个人冲泡咖啡的专业技能，每天的冲泡数量也有所限制。由于我无可取代，所以我希望造访“BEAR POND”的人都是为了我的咖啡而来，我愿意为那些懂得我的价值的人花费心力，认真地冲泡咖啡。这就是我的想法。

现在的我仍然不满于现状，有时还是会产生新的想法进而采取行动，制作出全新的商品。例如，去年发售的独家咖啡工具“coffeedust POKE”的宣传影片，也是我自己亲自演出、拍摄、剪接而成的。虽然周边的人曾说：“田中先生，专业人士可以拍出更好的作品哦！”可是，请别人制作就不是自己的作品了。我所制作的影像等作品，全都是用智能手机拍摄，光是上传到网站就已经非常吃力了。可是，那又有什么关系？我就是想靠自己的双手，把自己亲手制作的作品传递给其他人。所谓的个人风格不就是这么回事吗？为了“更好的作品”，而委托其他人制作，只不过是虚荣罢了，那样的虚荣应该舍弃。在自己能力所及的范围内尽情地表现自己，才是最重要的事情。浓缩咖啡也是，随时针对自己调配出的味道进行调整，使出浑身解数，制作出最满意的一杯，这就是咖啡师的工作，就是王者。

咖啡豆的烘焙也是，我和吉见纪昭（BEAR POND ESPRESSO ROASTERS）一起调配味道的时候，黑板上写的往往是失败的内容，而不是美味的数据。由于失败中潜藏着莫大的机会，所以越失败越能进一步挑战。由于我的学习时间特别长，相应地也经历了许多，因此就变得特别感性，也知道从失败当中可以发现新的事物。

我在纽约学习其间，学会了“个人技巧”。我把每天站在咖啡机前冲泡浓缩咖啡的操作，当成学习的重点。许多人都把学习当成往事谈论，但我认为，学习就是未来的自己，未来是没有任何人能够掌控、想象的未知世界。在这个瞬间，我想说的是，希望“田中胜幸的BEAR POND ESPRESSO”能够长长久久，而不是“BEAR POND ESPRESSO的田中胜幸”。今后，我也会秉持这份初衷，持续学习下去。

泽田洋史

sawada coffee

SHOTS • $2-$4 TEA •

正由于没办法简单学会，所以咖啡拉花才更显有趣

2001年秋天，我舍弃了长达10年的上班族生活，为了学习商业和语言而前往美国留学。当时，我每天都会到西雅图市内的咖啡厅做商学院的功课。人家说，西雅图是“咖啡的首都”。当时，街上除了星巴克咖啡（STARBUCKS）、西雅图咖啡（Seattle's Best）、塔利咖啡（TULLY'S）等大型咖啡厅外，还有许多以不同于连锁店的独特服务和装潢为特色，被称为“INDEPENDENT CAFÉ”的非连锁咖啡厅。

西雅图是个就连冬天也经常下雨的地区。某天，我因为突如其来的雨势跑进附近的一家小咖啡厅躲雨，而不是我平时常去的星巴克。店内的装潢保留着钢筋外露的混凝土原貌，店里的咖啡师没有穿着意式咖啡店或大型咖啡连锁店里常见的制服，从T恤里露出的手臂上刺满了华丽的刺青，鼻子上还穿着鼻环，看起来有点坏坏的。当时我点了一杯拿铁咖啡，结果他用令人吃惊的精湛技巧，在纸杯里画出了咖啡拉花。咖啡师粗犷的外貌和纤细的动作形成强烈的对比，再加上未曾品尝过的拿铁美味，瞬间让我五体投地。同时觉得非常不可思议，“为什么光是倒入牛奶，就可以画出这么美的图画呢？”之后，我每天都到这里，在不知不觉中和咖啡师兼老板成为好朋友。之后，我向他提出“我也想学咖啡拉花”的请求，他便让我在店里工作了。

我花了一年的时间，在这家“Caffe Ladro”学会了咖啡的萃取技术和咖啡拉花的基础。回国之后，我并没有从事咖啡的相关工作，而是在西雅图商学院同学的介绍之下，进了当时刚在日本取得认证的“DEAN&DELUCA”工作。我在DEAN&DELUCA负责的工作非常广，从店铺开发到员工训练，以及销售商品的采购都是我的工作范畴。过了一段时间，我有了这样的想法——与其这样劳碌一生，不如专注于某一件事上，全力一搏，于是便下定决心，全力投注于咖啡事业。

从DEAN&DELUCA离职之后，我开始过着往返于日本和美国的生活。我运用自己在日本开发店铺的经验，一边担任咖啡厅和咖啡店的顾问，一边到位于波特兰的咖啡师学校上课。我在那里接受咖啡拉花世界冠军的一对一教学，而且以西雅图举办的咖啡拉花世界大赛为目标。

当时，比赛是以西雅图出身的咖啡师为主，参赛者只有20个人左右，所以我抱持着“搞不好自己也有可能获胜”的轻松心情去参赛。可是，隔年参赛时，由于比赛使用的咖啡豆、牛奶、机器和研磨机都和我惯用的不同，所以过程非常不顺利，连一半的实力都无法发挥。在参赛者人数逐年增加，水平也逐年升高的过程中，我花了六年的时间，持续挑战大赛。

在这段时间，曾经做了什么样的特训？当时，我曾经在一天内使用了多达200瓶的牛奶，甚至会把拉花钢杯带进家里的浴室，用浴盆里的热水反复练习，直到拉花钢杯变成手的一部分为止。那个时候，既没

有咖啡拉花的专业书，也没有YouTube那种视频分享网站，所以非常辛苦。近年来，咖啡机的性能也有所提升，所以就目前的环境来说，拉花的制作变得比过去更加简单了。

现在，我去各种场所教授咖啡拉花的时候，总是有人问我："泽田先生，这种技术要练习多久才能学会？"就我的经验来说，会这么问的人往往都没办法有所精进。基本上，有手巧的人，自然也会有手艺较笨拙的人。越是能够快速且轻松学会的人，越容易在达到某种程度后由于丧失兴趣而放弃追求精进。相反，开始很坎坷，一步步从基础稳扎稳打的人，更能够专精。如果没有基础，就算画得再多，也没办法画出各种类型的拉花。而且如果那么轻松就能够学会，岂不太过无趣了？正由于没办法轻易学会，咖啡拉花才会显得更加有趣。

在我握着好不容易在2008年大赛上赢得的世界冠军奖杯回到日本后，却碰壁了。没想到，日本人几乎不知道"拿铁拉花（Free pore Latte Art）"这个名词。现在看来，当时的自己就像个笑话。我还自己邀请了媒体，租下了DEAN&DELUCA的创始店，自掏腰包办了场庆祝获胜的派对，希望让咖啡拉花可以因此而普及，同时为了宣传自己。

以前，我在雪印乳业公关部的时候，负责的工作就是想办法让天然奶酪在日本各地普及化，所以我就运用了那个时候的经验。结果，多亏了那场活动，日本旭屋出版社找我出版拿铁拉花的书籍。结果，书籍的出版成了我的一大契机。之后，看了那本书的制作公司来找我谈Nikon（尼康）的电视广告，甚至还和SMAP的木村拓哉共同演出。这就是咖啡拉花风潮瞬间在日本各地发酵的始末。

2010年，我开设的"STREAMER COFFEE COMPANY"创始店在东京涩谷开业。之后，我一边在东京都拓展店面，一边积极推广各地咖啡厅或饭店的咖啡产品。

我认为，既然要把咖啡当成商业来做，就必须打造出成功商业化的店，以及采用战略性的PR（公共关系活动）。近几年咖啡厅越来越多，但是没有做出"差异性"的店也很多。"只不过是店名不同而已，和其他店有什么不同？"常会给人这样的想法。今后，甚至连咖啡师本身都得想办法让"个人特色"更加明确，才能在业界中存活。

说到这个，我成为世界冠军时的"致胜方法"也是由于个人风格的坚持。我出生时的1969年，正好是人类首次登上月球的那一年，我认为不管身处何地，首次攀上高峰都是非常重要的事情。

Sawada coffee的烧酒咖啡

Sawada coffee的抹茶拿铁

不模仿，就是身为咖啡师的尊严

当有人问“世界上最高的山是哪座山？”的时候，每个人都会回答珠穆朗玛峰。可是说到世界第二高的山时，除了有特别研究的人之外，大部分人都不会知道，对吧？以前，有个人曾这么跟我说过。他说：“第二名就等于是最后一名，如果不是第一名就没有意义。”所以，以“亚洲第一人、历届最高成绩”这样的标题赢得胜利，在我日后的活动和咖啡拉花的教学中，具有非常重大的意义。

我在大赛中画了“三片叶子”的图案，而这个图案也成了我日后的代表作。其实我是刻意选用这种不会和其他参赛者重复的图案，如果太过于拘泥胜败，而选用过去的优胜者常用的郁金香或蔷薇叶片图案，那就等于和过去的优胜者相同。我认为，如果不能让评审、观众感到开心，就称不上是专业，而且我对获胜的方法也有所坚持。如果没办法出奇制胜，做出与众不同的“独创性”，那就没有意义了。

不去模仿。每个咖啡师都要在知识与技术的基础上重视自己的个性，世界上只有一个“泽田洋史”，不是吗？既然如此，我就要过与众不同的人生。“现在很流行煎薄饼，我们也搭个顺风车吧！”像这种模仿他人、跟着别人起舞的人，根本没有自己的尊严。

要磨炼个性，就要投资自己，不断地去“冒险”。要得到别人所不知道的资讯、实现别人所办不到的事情，就要花费更多的时间和金钱。我当上班族的时候，我的薪水几乎都花在美食寻访上面，而且还曾砸下大笔金钱到国外去亲身体验，没有亲眼所见就无法亲身体会的事情实在太多了。网络上唾手可得的免费资讯，全都是些众人皆知的情报，并不是什么重大资讯。

实际上，我的经营方针经常在咖啡以外的地方打破规则。例如，我原本提出就算采用自助服务，仍要提高咖啡单价的机制。可是，当我知道商品只有咖啡的时候，还是会打破规则，采用“自助式服务就用便宜价格，全面服务就采用等同于饭店等级的昂贵价格”这种常见的价格设定。我店里采用的做法就跟在吧台旁边品尝料理的寿司店、天妇罗店一样。在那种店里，厨师都会在客人面前捏握寿司、炸天妇罗，客人能够享受到视觉、听觉、香气的全面感受。而在我的店里，客人则会听到咖啡豆的研磨声、蒸煮牛奶的声音，还有制作咖啡拉花的情景。

现在，全世界的人都在喝咖啡。就连过去很少喝咖啡的俄罗斯、中国，也是满街林立着咖啡厅。我认为咖啡是不管去到世界上哪个地方，都可以经营的全球性事业。有咖啡的地方就会有人群的聚集，就会发生无数的邂逅。在STREAMER COFFEE COMPANY，常有人问我：“泽田先生，为什么你要和那么多制造商合作制作商品呢？”不管是和我合作制作咖啡豆图案的鞋子和上衣的Columbia Sportswear（哥伦比亚休闲服），还是BEAMS（比姆斯），他们全都是我在店里认识的客人，然后我们会进一步谈论到“有机会一起制作有趣商品”的话题。

sawada coffee的外墙

COFFEE
LATTE
→MILITARY
→GREEN TEA
→CHAI
CORTADO
BOOZY STEAMERS · $1 SHOTS · $2-$4 TEA
GETAWAY

sawada coffee的店内，用乒乓球台改造的桌子

112

美国芝加哥的全新挑战，“冒险”永不停止

和服装业界的人谈事情，就一定会接触到流行时尚，必须了解现在流行什么，什么已经过时。所以，不仅男性时尚杂志，国外的女性杂志我也绝对不会错过，为的就是培养自己的时尚眼光。说明白一点就是，制造商的负责人绝对不会拿着帆布鞋，跟顶着啤酒肚的大叔说：“请你试一下这双帆布鞋。”身为店内招牌之一的我，也是会努力控制身材的哦！

我在2015年届满的时候，从STREAMER COFFEE COMPANY卸任，我想应该很多人都感到非常惊讶。2015年12月，我在美国的芝加哥开设了“sawada coffee”，我是那家店的老板兼咖啡师，同时又以咖啡师训练师兼咖啡厅顾问的身份举办各种活动，接受“全新的挑战”。

我毕业后的第一份工作在纪之国屋，负责的工作是奶酪的采购，之后在雪印乳业的工作则是负责牛奶。严格来说，我的根源并不是咖啡，而是牛奶。我把咖啡当成食品经营中的一环，未来我也打算继续以咖啡为主打，不过我希望试着从中开创出截然不同的崭新企业。日本和美国都有餐点非常美味，咖啡却不尽如人意的餐厅，反之亦然的餐厅也不在少数。澳大利亚的墨尔本有很多餐点和咖啡同样美味的餐厅，所以我想打造出那样的餐厅。

现在的年轻咖啡师都怀抱着未来自己开店的梦想，我觉得这是非常好的事情。如果没有目标，日复一日冲泡咖啡的工作，就会变成乏味的例行公事。“凡事应该想清楚再做”，我总是这么跟我的员工说。靠制式化的食谱判断该冲泡几杯的做法实在是太过乏味，应该要去思考“该怎么做，才能让自己工作得更快乐”才对。如果不满意自己的工作方式，肯定也没办法让客人满足。如果连咖啡师都愁眉苦脸，又怎么能让客人笑容满面呢？

要把工作做好，每天应有的生活方式也很重要。从读书、看报纸、调整饮食等生活上的小细节开始做起，还有避免乘坐客满的电车之类。在快要迟到的情况下挤上客满的电车，在摇晃的电车上挤得满身大汗，然后匆匆忙忙地赶到上班地点。在这样的状态下，根本没办法好好工作。

咖啡师的工作是以冲泡出美味的咖啡为前提，可是仅仅这样仍旧不会受到客人的爱戴。由于造访咖啡厅的客人并不仅仅是热爱咖啡的人，咖啡厅的客人形形色色，有喜欢喝咖啡的人，也有不爱喝咖啡的人。那时候，如果咖啡师除了咖啡的渊博知识之外，没有别的话题，自然就没办法和客人愉快畅谈。

咖啡的知识和技术、让客人开心的接待技巧，还有其他人无法模仿的独特个性，这些都是咖啡师必须不断磨炼的必要条件。

冈田章宏&吉川寿子&大泽直子&村山春奈

小川咖啡

kyoto
OGAWA
COFFEE

GAWA
OFFE

为客人带来笑容与喜悦的服务员——冈田章宏

原本就很向往吧台服务的我，随着2002年“小川咖啡”总店的开业，一头扎进了本来就十分感兴趣的咖啡世界。让我对吧台服务生产生向往的契机是汤姆·克鲁斯主演的电影。他以调酒师一角，在剧中演出的那段仿佛表演艺术家的耍帅场景，让我深深觉得“服务员超帅的”。在我知道有咖啡师这项职业的时候，咖啡师的形象正好与我被电影所吸引的服务员形象重叠，再加上咖啡师的专业正好是我所喜欢的咖啡，所以我便认定“那就是我的人生道路”。我在小川咖啡负责浓缩咖啡事业的宇田吉范训练师的身边，开始了之后的人生道路。

在杂志上看到JBC（日本咖啡师大赛）的相关报道后，我便下定决心，“未来我也要参加比赛，成为日本第一”。我第一次参赛是在2005年，当时完全没有半点“以比赛为目标训练”的感觉，对于浓缩咖啡也有很多不了解的部分，所以不断地进行咖啡豆烘焙度、粒度、混豆、萃取的验证。当时，我研究了持续拿到好成绩的队伍的动作，同时集中练习介绍方式等自己略嫌不足的部分。我在JBC（日本咖啡师大赛）2008拿到了亚军，并且在JBC（日本咖啡师大赛）2008～2009赢得了期盼已久的冠军。世界大赛的舞台也曾有过WLAC（世界咖啡拉花大赛）2008和WBC（世界咖啡师大赛）2009的两次经验。我以浓缩咖啡冠军的身份接受媒体采访的机会也增多了，同时，过去50年以滴滤咖啡成长的公司也开始有了方向性改变。希望让浓缩咖啡更加发扬光大，并且以“成为小川咖啡的咖啡师”为志愿的人也逐渐增多。由于“人才是宝”，所以至今我仍认为，志愿者增多是个非常令人开心的现象。

对我来说，比赛是重新检视身为咖啡师的自己的绝佳机会，同时是考验自己的好地方。2015年，我首次参加了咖啡＆调酒和酿酒的比赛。这是我们OGAWA团队首次参加这个比赛，希望在我离开之后还会有后辈继续跟随我们的脚步。把眼光放在新的事物上面，也是我身为小川咖啡首席咖啡师的重要任务。另外，小川咖啡从咖啡生豆的采购到烘焙、出货、供应，都有各个领域的专职负责人，公司就是一个团队。对于身为团队成员的咖啡师来说，通过比赛传达小川咖啡的存在及理念，是非常重要且具有意义的事情。

我的工作是咖啡研讨会讲师、营业部门的咖啡萃取协助，以及商品开发的支援等内容。我每周都会在小川咖啡京都三条店担任一天的咖啡师，为的是避免让小川咖啡变成“咖啡好喝，服务却很差”的店。如果我们的工作只有液体值得赞许，未免太丢脸了。我认为，“咖啡师就是服务员，而服务员必须当个表演艺术家才行”，心里必须随时抱持着“希望让眼前的客人开心”的心情。在咖啡研讨会的时候也一样，不管是面对专家还是一般听众，都要随时想着该怎么做才能让所有客人“愉快地享受研讨的时光”。今后，我也将秉持让客人开心的服务员身份，在研讨会和店里努力传递咖啡的美味和魅力。

把培训的咖啡师技术献给次世代和客人——吉川寿子

2006年，我由于当时工作的“CLUB HARIE”引进浓缩咖啡，而开始了咖啡师之路。我和村山春奈咖啡师一起接受训练，当时指导我们的是小川咖啡的宇田吉范训练师和冈田章宏咖啡师。

成功打出奶泡之后，接着就是挑战卡布奇诺，我总是在每次成功突破一个挑战之后，马上找到下一个目标，就这样沉溺在咖啡师的世界里。咖啡的状态会被每天所面对的事物所左右，所以总是有着新鲜的感觉。

我的最大梦想是JLAC（日本咖啡拉花大赛）&WLAC（世界咖啡拉花大赛）冠军。我的身边有早已经成为冠军的冈田咖啡师、村山咖啡师、大泽咖啡师，所以我自己一直抱持着“绝对不能裹足不前”的强烈危机感。我在抱着“必胜”决心所挑战的JLAC（日本咖啡拉花大赛）2013上，成了日本冠军。之后，又接着挑战WLAC（世界咖啡拉花大赛），在比赛前的两个月其间，我一直在公司里没日没夜地积极训练。我在WLAC（世界咖啡拉花大赛）2013中画了以“蔷薇”为主题的作品，继村山咖啡师之后，我成了日本人中的第二个咖啡拉花冠军。在这个契机之下，我有了许多和国外咖啡师、生产者等咖啡业者交流的机会。同时，“还有好多自己所不知道的事情，身为从事咖啡工作的专业人士，我必须更加精进才行”，这个想法也在我成为世界冠军后有了更加真实的感受。

我现在的工作是营业部门的咖啡萃取协助，以及公司内外（批发客户）比赛事务的统筹。所谓的比赛事务是帮助JBC（日本咖啡师大赛）、JLAC（日本咖啡拉花大赛）或其他比赛的参赛咖啡师们规划训练行程、拟定目标、调整精神状态等，简单来说，就是所谓的助理，不过我也会提供技术方面的建议。

参加比赛的OGAWA团队今后将会进一步钻研萃取技术，探讨“在何种状态下萃取咖啡豆，会产生什么样的味道”。不仅萃取，我们还要把焦点放在咖啡豆上，思考如何建构出比过去更优异的介绍内容。我希望把俨然已成公司例行公事的JBC（日本咖啡师大赛）和JLAC（日本咖啡拉花大赛）的参赛，培养成公司活动的一环。由于唯有更深入地面对咖啡，才有机会赢得比赛，同时那样的活动能够成就出更美味的咖啡，并且传递给客人。

现在，我在公司的定位就是运用自己过去累积的经验，营造出“不违背个人风格”的良好工作环境，同时帮助大家更贴近自己想做的事情。我希望以咖啡师和参赛者的身份，把过去所体会到的知识和技术，回馈给更多的人，而不是仅局限在公司的框架里。我的目标是培育咖啡人才的训练师，以更加浅显易懂的方式，把咖啡的专业与深奥传递给其他的咖啡师。我希望在自己以训练师身份陪伴他人成长的同时，也能够让自己有所成长。

希望以咖啡师为目标的人能够秉持着热诚，在现有环境里“持续努力”。只要坚持到底，自然就能够找到属于自己的栖身之所。

通过咖啡拉花让客人享受美味和喜悦——大泽直子

2004年，小川咖啡大阪堂岛店开业时，我以员工身份进入公司。之后在2006年，随着大阪大日店的开业而转调，开始从事咖啡师的工作。希望成为咖啡师的契机是，我在某咖啡厅看到的卡布奇诺拉花。咖啡杯里的小熊图案让我非常感动，燃起了想亲自传递那份感动的念头。

常有人问我："为什么你有办法三两下就画出咖啡拉花呢？"这是因为我在初学的时候比别人多花了一倍的时间练习。我的练习方式并不是画出各式各样的图案，不管是图案的对比、液面的高度，甚至是树叶的叶脉数量，每一个小细节都是我所追求的部分。

我在JLAC（日本咖啡拉花大赛）2011、JLAC（日本咖啡拉花大赛）2012连续两年拿下了咖啡拉花的日本冠军。在2012年大赛上绘制的有着10颗爱心的玛奇雅朵，就是我的代表作之一。当然，我并不是一开始就会画10颗爱心，那也是经过反复的练习，记住倾注的节奏后才学会的。我的咖啡拉花得到了"创造力丰富的艺术美味"的评价。就拿我在2012年大赛所绘制的作品"蝴蝶，生命的诞生"来说，我先用倾注成形的方式画出蝴蝶的蛹，然后在裁判的面前，利用雕花的方式完成蝴蝶，裁判和观众看得目瞪口呆。在WLAC（世界咖啡拉花大赛）的艺术吧台项目中，没有得到十分好的评价，我觉得非常不甘心。

成为冠军之后，最大的变化就是"责任感"。不仅要注意自己的发言，同时要以公司的立场和身为前辈的义务等为优先，不能只考虑个人的成长。

经营小川咖啡直营店的小川咖啡公司，在2010年变更成小川咖啡股份有限公司。在那之前，我每天都在店里工作，公司变更之后，我的工作内容也有了极大变化。我的主要工作是营业部门的咖啡萃取协助，以及以一般民众、专业人士为对象的研讨会事务。公司变更的时候，上司跟我说："你就负责冈田咖啡师那样的工作吧！"也就是说，我的主要工作就是研讨会上的事务。刚开始，我会一同前往冈田咖啡师的研讨会，在他的身边学习"教导的方法"。我觉得"同声传达"是研讨会讲师的最困难之处。经过几次之后，虽然我已经慢慢习惯了，但是对于突发状况的应变仍然不够从容。冈田咖啡师随机应变的灵敏反应，以及现场气氛的掌控，正是我最希望学习的优点。

通过咖啡拉花的服务，让咖啡变得更加美味，同时让客人更加喜悦，就是我以咖啡师为志愿的原点。虽然我每个月只会在店里工作六次，但是我一直很珍惜以咖啡师身份站在店里的时刻。那种对咖啡师工作的重视态度，也能够成为后辈们的榜样。

以咖啡师的身份，充分运用自身所拥有的知识和技术，同时通过研讨会和门市传达咖啡的美味，就是我的任务。然后，报名参加JBC（日本咖啡师大赛）、JLAC（日本咖啡拉花大赛）的比赛，不仅是我对培育我的公司的贡献，同时是为了自身的成长，在咖啡师和咖啡拉花领域里成为世界冠军是我永不改变的梦想。对我来说，每一次参赛都是"挑战"。

通过咖啡拉花传递咖啡的美好——村山春奈

我在2006年开始咖啡师的工作，由于希望更深入地钻研咖啡，因而在2012年进入小川咖啡。

2010年，我在WLAC（世界咖啡拉花大赛）上，以首位日本人、首位女性的头衔，成为咖啡拉花冠军。当时是日本开始参加WLAC（世界咖啡拉花大赛）的头几年，所以可以取得的资讯非常少，也因此而非常烦恼，不知道该采用什么设计才能得到较高的评价。当时的比赛规则也包含了味觉方面的审查，所以在咖啡的选用上也花了许多时间。那段训练时间所喝过的那杯卡布奇诺，是我永生难忘的美味咖啡，“咖啡没问题，接下来就是全力集中于牛奶的制作”。我想就是那股自信和集中力，带领我走上了冠军之路。

WLAC（世界咖啡拉花大赛）获胜后的影响不计其数。首先，最令我感到惊讶的是电视采访和来自国外的订单，彻底让我的生活有了180°的极大转变。在别人眼里，我是个肩负着冠军之名的人物，另一方面，我又觉得自己拥有的知识和经验仍有许多不足，觉得有辱冠军之名而感到非常不好意思。在那之后，“希望更深入钻研咖啡”的念头变得更加强烈了。

进入小川咖啡之后，我投入了美国分店（现在的OGAWA COFFEE USA）的开业准备工作。烘焙、品尝等全新领域的挑战虽然有趣，但是难度更高、更深奥的咖啡也让我天天苦恼。开业的工作包含店铺开发在内，一切都得从零开始。尽管饱受突发事件的折磨，位于美国波士顿的海外创始店总算在2015年5月顺利开业了。

我希望小川咖啡能够在守护咖啡文化与环境的同时，把美好的咖啡传承下去。因此，我希望在波士顿以世界冠军的身份，通过咖啡拉花让更多人对咖啡产生兴趣，同时营造出让客人愉快地享受咖啡的机会与空间。除了在门市提供咖啡之外，员工训练、日本风格的菜单开发，还有研讨会等活动的举办，都是我的工作内容。

美国和日本之间当然有着语言的屏障、文化的隔阂。尤其在Cleanness（清洁）工作方面，更是必须反复地教育工作人员。对于咖啡，大家也都有着自己的坚持和个人偏爱的味道。客人的点餐方式也非常细腻，我花了很长时间才把常客的点餐记下来。然后，饮料的容量也非常大，刚开始真的让我非常吃惊。不过，现在不管是视觉还是胃袋都已经习惯了，完全没有半点不适应的感觉。

我成为咖啡师已经10年了，我今后的目标就是在波士顿的街道上让更多人对咖啡产生兴趣。勤恳、踏实是最重要的事情，我希望未来能够继续学习，吸收更多的知识，并且和伙伴们一起发现咖啡的无限可能。还有“笑容和快乐”，我会以这个目标持续努力。

井崎英典

SAMURAI COFFEE EXPERIENCE

2014年 WBC（世界咖啡师大赛）

被咖啡救赎、奉献给咖啡的青春时代

我在16岁的时候开始从事咖啡的工作。当时，我从羽毛球特招的高中辍学之后，成天无所事事，做什么事情都不顺。我做过土木工程人员、鹰架工、杂工等各种不同的工作，可是都不怎么顺心，心想："这真的是值得我花上10年、20年努力一辈子的工作吗？不！我想要的是值得付出真心的工作。"就在这个时候，平常很少对我指手画脚的父亲跟我说了一句话，他说："要不要试着卖咖啡？"

我的父亲在日本福冈县经营咖啡厅。对我来说，我也认为自己只能卖咖啡，而且也不认为自己能够在咖啡以外的事业上成功。我十分清楚，如果再失败，自己就没有退路了。以我的情况来说，我并不像一般人那样从许多工作或人生选择题中选择了咖啡，而是只有咖啡一条路可走，所以我的人生绝对不可能没有咖啡。

我开始以学徒的身份在父亲的店里工作。父亲从遣词用字，从不准修眉毛、不准染头发之类的小细节上开始教导我。他说我根本不像个从事服务业的人，然后训练我和客人之间的应对进退。父亲总是不断地叮咛我："要有礼貌、重视礼节、尊敬长者。"当时的我浑身都是肌肉，所以不是搬运一整袋咖啡生豆，就是负责称重，每天只负责最基层的工作。

开始从事咖啡的工作之后，很多人都为我加油打气。多亏大家的关爱，我再次回到了高中复学，并且决定以咖啡师世界冠军为目标。要挑战世界冠军，就必须学习英文，所以我进入大学就读，也在就学其间去了英国留学。在大学时期，平常我都在学校上课，到了周末或假期的时候，我就会去丸山咖啡打工。虽然打工费全都花在往返长野的交通费和住宿费上了，可是能够找到甘心为之努力的目标，真的非常幸福。

其实，我曾经有那么一次想要放弃咖啡。就是在2013年的WBC（世界咖啡师大赛）（世界杯咖啡师大赛）上首次挑战世界冠军，最后以13名的成绩落败的时候。"什么？15分钟就在这么一瞬间结束了！"那是一场还没有完全发挥全力就宣告结束的比赛。这时候，正好是我学生生涯的最后一年，明明花费了那么多的精力训练，努力到最后一刻，却是这个结果。看了世界大赛的决赛之后，训练师阪本义治先生（现在是act coffee planning代表）跟我说："喂，英典，怎么了？你下次还会参加吧？"当时的我非常不悦，哭丧着脸说："我不想再参加了。"尽管当时正在用餐，他还是当场斥责了我："你知道有多少人一路陪你走到现在吗？"这时候，我才想到："是啊，的确如此，是我自己没有做好足够的心理准备。居然由于0.5分的微小差距就输了，肯定是咖啡神让我重来一次。"现在回头想想，幸好我没有在那场大赛中进入半决赛。如果没有那次的经验，我绝对没办法赢得隔年的优胜。

摄影协力：丸山咖啡

赢得世界冠军荣冠后的心灵洗礼

2014年WBC（世界咖啡师大赛）意大利里米尼大赛的优胜，让我的人生有了180°的转变。如果没有成为世界冠军，就无法得到美好的邂逅和成长机会，让我的人生有更加丰富的选项。在之后的一年里，我受到各国咖啡相关座谈会、大赛、研讨会和讨论会等活动的邀请，同时为了精品咖啡的普及活动，在一年内有300天的时间周游了世界。不管是工作的态度还是密度，都变得和以前完全不同。

成为世界冠军后，我的想法有了很多不同的改变，其中最大的变化是“非学咖啡不可”的心情，转变成“什么都想了解，希望更进一步钻研咖啡”的求知欲。除了身上所背负的责任和义务之外，另一个原因是，和世界各地的优秀咖啡师交流之后，我才惊觉“原来自己还有很多不足的地方”。虽然在别人眼里，我好像很“肆无忌惮”“态度傲慢”，事实上我非常地没有自信，经常疑神疑鬼。在WBC（世界咖啡师大赛）获胜的时候也一样，如果有人问我是否拥有足以堪称世界冠军的知识或能力，事实上，我并没有。

获胜之后，我曾跟2007年的世界冠军詹姆斯・霍夫曼（James Hoffman）说过这样的话：“我对咖啡还有很多不懂的地方，根本背负不了世界冠军的责任和义务。”结果，他告诉我：“阿英，不懂是理所当然的，其实我自己也不懂。甚至，我也不知道谁才是这个业界的重要人物。可是，比起不懂，不敢说自己不懂的人才是真正可悲的人。”不懂的事情就直接说不懂，然后努力去了解，才是最重要的，这是我从他身上学会的精神。

詹姆斯・霍夫曼和马特・佩尔格（Matt Perger）都是我尊敬的咖啡师，他们对咖啡的相关知识和技术当然不用说，同时他们也兼具了完美的性格、受人喜爱的品质，还有他们对咖啡的深厚情感。他们总是随时抱持着“希望让这个业界变得更美好”的伟大志向。

我觉得咖啡师的工作是推翻过去一直认为正确的咖啡常识或者创新。走在世界前端的咖啡师，几乎都抱持着这种观念。

现在，不仅咖啡豆的生产过程，机器的进步也非常惊人，而且咖啡萃取的相关知识仍有许多未知的部分。经常会发生昨天明明还正确，隔天却变成不正确的情况。碰到这种情况的时候，咖啡师必须秉持责任，勇于面对，“抱歉，我搞错了，那个方式才是正确的”，这种正能量的心态和足以承受变化的韧性是必要的。

井崎咖啡师（左）和哥斯达黎加的咖啡生产者恩里克·纳瓦罗（Enrique Navarro）

MONIN
FIRST PLACE

2014年WBC（世界咖啡师大赛）

咖啡没有终点和标准答案

在世界各地工作之后，我发现日本人都是凭感觉在谈论咖啡，国外则是以数字为基础居多。例如，使用20克咖啡豆，用60秒的时间萃取出40克的咖啡，我觉得那是非常奇怪的方式。

对此，日本人大多只是回答“嘿，原来如此”，很少会去进一步探讨、研究。如果根据数字具体讨论“为什么会好喝？”或进一步分享资讯，应该就会有全新的萃取想法。

在另一方面，没有终点、没有标准答案的部分，也是咖啡的魅力、乐趣所在。例如，如果把世界的顶尖咖啡师聚集在一起，出一个题目，“请使用这种咖啡豆冲泡咖啡”，我想每个人的冲泡方式肯定都不一样，但是每个咖啡师冲泡出的咖啡，肯定都很好喝。大家对咖啡的核心思考各不相同，其实关键之处在于咖啡师过去是以什么样的方式面对咖啡而已。陷入烦恼的人往往认为咖啡的冲泡方式有标准答案，所以才会认为用18克的咖啡豆萃取出36克的咖啡是正确的。

“如何学会更高的技术，做出更棒的咖啡”是许多咖啡师的共同烦恼。不仅咖啡师，运动员也一样，不管做什么事情，要想提高成绩，就要有绝对的练习量和品质。而咖啡师则还要加上“善用头脑”，我觉得这也是很重要的事情。当每天在店里冲泡好几百杯咖啡后，往往最后都会流于形式，但是至少不会让一成不变的操作变得毫无章法。秉持着“今天基于这个理由，而采用这种做法萃取咖啡”的坚定理由，对每一杯咖啡负责是最重要的事情。正由于咖啡没有标准答案，才更需要通过一整天的工作来找到属于自己的成果和标准答案。“今天学会了这个，明天就试着挑战不同的事物吧！”通过每天的挑战或失败，肯定能够让人更快地成长。

还有一件很重要的事情，那就是味蕾的调整。很多咖啡师都会沉醉在自己的世界里，可是迎合每个客人的口味需求才是真正的专业。强迫推销个人偏爱的味道，完全称不上专业。咖啡有所谓的标准，当然也会有风潮。从那当中去品尝好的咖啡、了解好的咖啡，是非常重要的事情。咖啡师必须用味蕾去感受“为什么客人喜欢这种味道，为什么不喜欢这种浓缩咖啡”。也就是说，增加舌头的敏锐度。要锻炼自己的舌头，就要和懂得品尝的人一起品尝。

然后，“向谁学习”也是很重要的事情。不管拥有最新资讯的那个人是否愿意教导正确知识，自己仍要做好“知识武装”，亲临学习的场所，我自己就是这样。就算对方满是疑问，认为“井崎所说的话根本不够分量”也没关系，咖啡师就是必须靠自己的好奇心去深入探究，才能提升整个业界的水平。

虽然有语言上的隔阂，不过网络世界的确充满了世界各地的最新资讯。例如，名为“Sprudge”的咖啡网站，上面刊载了比赛的规则和例行事务。不仅可以从那里得到新的启发，而且可以阅读世界顶尖咖啡师的采访报道《Barista Magazine》，了解他们的想法以及全新的计划。马特·佩尔格的网站“The Barista Hustle”也非常有趣。“没有学习场所”只不过是偷懒的借口罢了。

2014年WBC（世界咖啡师大赛）

艶やかな色と
芳醇な香りを
お楽しみ下さ

琢磨性格，蜕变成顶尖的咖啡师

日本的咖啡水平很高，可还是有咖啡师本身的见解无法独立，无法确实贯彻专业的部分。单身的时候，可以靠咖啡师的工作养活自己，一旦有了家庭，希望让自己的妻子和孩子更加幸福的时候，如果不选择自立门户或自己当老板，恐怕就很难让咖啡师成为足以持续一辈子的工作。要让这份工作成为可能持续一辈子的职业，就必须进一步提升自己的咖啡师地位，同时，咖啡师本身也要不断改变自己，让自己变得更加专业。我自己也是如此。

国外对这个课题的讨论也非常热烈——位于上游的咖啡生产者、位于下游的咖啡师。生产国的咖啡生产收入变得比过去更高之后，人们开始愿意投资全新的实验性生产处理或挑战，咖啡的品质也有所提升，他们的生活水平也会逐渐变好。可是，如果最后拿起杯子的咖啡师，对咖啡抱持着身心煎熬的痛苦想法，当然就没办法把咖啡当成永续经营（可持续的状态）的事业。专业的咖啡师应该确实打造出能够让自己充分发挥的场所，取得合理的报酬，过着幸福快乐的生活。这是非常重要的事情，虽然需要很长的时间。

成为世界冠军之后，原以为自己会变得更加轻松，结果反而更加辛苦。由于为了紧抓世界冠军的头衔，为了让自己在业界中拥有一席之地，自己就必须更努力地学习，并且随时吸收最新的资讯。所以我也会经常到国外增长见闻。我现在才25岁，所以可能让人产生“那家伙还年轻，失败在所难免”想法，但是由于年龄而心存侥幸是最要不得的。年轻并不能拿来当成自己失败的理由。

如果要我为现在的自己打分，我给我自己的分数是30分。要成为顶尖的咖啡师，就要琢磨自己的性格魅力。痴迷咖啡的人或许觉得“只要能冲泡出好喝的咖啡就行了”，可是我并不那么认为。咖啡师该想的不是“我冲泡的咖啡好喝吗？”，而是随时抱持着“谢谢光临”的热诚接待态度，这时候冲泡出的咖啡就会变得美味。如果我是客人，我就会想去那样的咖啡厅。

要把自己的性格琢磨得更有魅力，就要珍惜人们给予自己学习机会的那份心情，并且感谢自己所居住的环境。最后就是全心全意地“专情”于咖啡。

新世代

NEW GENERATION

石谷贵之

Free Barista

渡边绫希

Bun Coffee

川野优马&相原民人

LIGHT UP COFFEE

松原大地&平井丽奈

UNLIMITED COFFEE BAR

铃木清和

GITCH COFFEE&ROASTERS

铃木康夫&田中圣仁

TRUNK COFFEE

胜野阳介&尾埼数磨&樱庭大辅

THE CUPS

田中大介

Mondial Kaffee 328

山口美奈子

Étoile coffee

杉浦豪太& Mark Olson

manu coffee

马泽直树

VINTAGE AIRSTREAM CAFE BAMBI

石谷贵之

Free Barista

love love love love

冲泡咖啡的服务员

我当初到咖啡厅上班，并不是以咖啡师为目标，严格来说，我对咖啡根本一窍不通。但是现在的我‘觉得“咖啡师是天职”，觉得从事这份工作是非常幸运的事情。

大学毕业后，我原本是在美容行业制造公司工作，但是由于我一直很想从事原本就很喜欢的餐饮接待工作，所以就向公司请辞，开始在表参道的“ANNIVERSAIRE CAFE”工作。我在那里当了两年左右的服务员，那段时间分别有一位前辈和另一位员工离职，等我察觉到的时候，我已经是店里最资深的员工了。我们的店里有一台浓缩咖啡机，由于年资排序的关系，有时冲泡咖啡的工作会落到我身上。结果，由于这个单纯的理由，我的职位从外场服务员变成了咖啡师。

当时是个鲜少有人知道咖啡师这个名词的时代。萃取方法也没有受过什么训练，前辈只教过我机械操作的方法，完全没有逻辑性的指导。有一段时间，我都是照着前辈教我的操作方式萃取咖啡，可是和前辈冲泡的咖啡比起来，我泡的咖啡一点都不好喝。于是，我开始认真思考并努力学习咖啡的萃取。

可是，当时的资讯不像现在这么发达，既没有可以讨论的社群网络，也没有可以指导技术的人，我只能一个人埋头苦干。每天早上，我会搭乘最早的电车，在6点左右抵达店里，其他工作人员的上班时间是9点，所以我会利用空当的三个小时自主练习。我觉得基础非常重要，所以我总是默默重复着装填粉、整粉等基础动作。

当时，表参道有很多在第一线活跃的咖啡师，我也经常去有咖啡师坐镇的店。我会点一杯卡布奇诺，然后盯着他们萃取咖啡的样子。之后，我开始自然地和他们交谈，甚至还会聊到技术方面的深入话题。不仅东京都内的店，放假时我还会走访销售浓缩咖啡的店，尽管已经喝到肚子痛，还是会一家一家地喝过去。我觉得自己很笨拙，必须比别人更加努力才行，可是我完全没有半点辛苦的感觉，埋头于练习的时候反而让我觉得非常愉快。我在“ANNIVERSAIRE CAFE”工作了六年左右，其间也获得了参加JBC（日本咖啡师大赛）的机会。

我第一次参赛的时候是2007年。参赛的契机是由于某个咖啡烘焙业者问我：“要不要挑战看看？”之前我曾经以观众的身份观赏过比赛，当时的感想是“原来咖啡还有这种世界”，感觉就像和自己无关似的，没想到自己居然也会有参赛的一天，根本连做梦都没想到。现在回头想想，当时的自己明明对咖啡完全不了解，却在第一次参赛的时候拿到了第六名的成绩。

比赛之前我感觉非常紧张，但是开始比赛之后我就非常开心，有种“早就想试试这种感觉”的雀跃感。参加JBC（日本咖啡师大赛）的时候，有很多人前来观赛，而且由于参赛的关系，来店里的客人也增加了。这个机缘，也让我再次认识到“必须进一步学习知识和技术才行”，JBC（日本咖啡师大赛）的参赛也是让我决定认真当个咖啡师的最大主因。之后，我就年年挑战JBC（日本咖啡师大赛），并且在2009年的大赛中获得亚军。

我在30岁的时候离开“ANNIVERSAIRE CAFE”，在暂时休养其间，之前曾经合作过的烘焙师和咖啡机业者开始找我去他们的公司帮忙。当时正值浓缩咖啡积极拓展的时期，老字号的咖啡厅和烘焙师纷纷开始考虑积极地钻研浓缩咖啡。那段时间，我承接了各式各样的委托工作，有时在活动上负责冲泡浓缩咖啡，有时则帮忙新店面的筹备。差不多一年之后，我开始认真思考“其实这样的工作模式也不赖”，于是就从2012年的春天开始，以“自由咖啡师”的身份在业界活动。活动或全新店面的筹划、咖啡产品的开发、研讨会的讲师等，所有与咖啡相关的工作，都是我承接的工作内容。

咖啡师是为客人冲泡咖啡的服务工作者。站在现场（店里）时的那种喜悦，我至今仍没有改变。可是，活动或研讨会上可以看到许多非特定的人，有着不同于站在店里时的快乐。另外，我觉得自由形式的业界活动也可以让自己获得更多。在各种场合从事咖啡工作，可以让自己的视野更加开阔，同时在传达讯息的时候，也必须用逻辑去思考，才能正确传达，所以每天的学习都是不可欠缺的。除了靠书本来增长知识之外，我还会积极安排时间到处去品尝。有时还可以在当下流行的店里发现“原来还有这样的食材组合”，或“善用接待服务”之类的新思维。

在这当中，我重新察觉到的一件事就是，服务的重要性。

当我有“来这家店真好，下次还要再来”的想法时，都是在我受到舒适接待的时候，所以在咖啡师的训练方面，我也会以“咖啡师就是冲泡咖啡的服务员”这种以服务为重点的方式去做指导。

具体来说，咖啡的味道当然是必要要件，但是客人点餐后到品尝之前的时间更为重要。咖啡师的每一个动作，可以让人有更加美味的感觉。举起拉花钢杯的方法、打开牛奶盒的方式、咖啡杯的拿法，每一个动作都是让咖啡看起来更加美味的技术。例如，比起随意举起拉花钢杯的方式，快速且灵敏举起的动作肯定会显得更加漂亮。我经常会参考调酒师的动作，并且把那些动作套用在咖啡师的动作上面。

对咖啡师来说，咖啡豆的知识当然很重要，但是在现场的利落动作同样也不容小觑。在我立志成为咖啡师的时候，我身边有很多动作快速且干净利落的人。我的目标就是成为那种动作优雅且迷人的咖啡师，所以我到现在仍然很注重动作、举止。

还有一件我在工作上非常重视的事情，那就是平淡的心情。由于自己心情沉闷或过度兴奋都会对味道造成影响，所以面对咖啡的时候，要随时让自己保持平淡、全新的心情。

以个人名义持续挑战JBC（日本咖啡师大赛）

截至目前，我已经有10次JBC（日本咖啡师大赛）的参赛经验。现在几乎都是和店里的人一起组队参赛，不过在我从事自由咖啡师工作之后，也曾独自一人参加过比赛。

我通常都在比赛开始的三个月前，开始进行介绍等正式的练习。现在，JBC（日本咖啡师大赛）正在推行“From seed to cup（从咖啡豆到咖啡杯）”的活动，目的就是为了传达咖啡豆从农园辗转送到客人手中的过程。可是，我既没有去过咖啡豆的产地，也没有正规的烘焙经验。就算我在介绍的过程中大谈农园话题，终究也只是单纯地阅读资料罢了。因为我只能谈自己的经验，所以我就先从一年来的实际体验中提出疑问，然后把找出的答案加以汇总，以此来进行介绍。与其说是在编写比赛用的介绍原稿，不如说我是用平常的生活来建构整篇介绍的框架。

在2015年的大赛中，我决定采用不使用任何纸卡等道具，单靠语言来做介绍的方法。因此，我就利用YouTube上的企业介绍影片、TED Talks，按照自己的方式去学习措辞或停顿的方法，了解在哪个时机怎么说才能传达给对方。还有笑容，没有人会讨厌面带笑容的人。

其他的准备则是生活步调的调整。每天早睡、早起，从比赛的三个月前就滴酒不沾，也不吃辛辣或重口味的东西。这个时期，唯一让我感到辛苦的事情就是喝了大量的咖啡，可是调配出符合心意的味道时很令人开心，在尝试错误的过程中发现全新的味道，更是让我格外兴奋。基本上，这些大赛的准备全都是由我自己一个人进行的。

最近，有个比我年轻的咖啡师跟我说：“近几年，如果咖啡师本身不是隶属于名店，就不容易参加比赛，感觉似乎没有什么胜算。”不知道是不是因为这个理由，听说每年报名参赛的人有减少的趋势，感觉真是有点遗憾。我是由于JBC（日本咖啡师大赛）才能从事现在的咖啡师工作的，所以也希望年轻人可以不断地挑战。

学生时代我经常以考试或进入社团等作为努力的目标，进了社会之后，感觉可以为某件事拼命的机会似乎在逐渐减少。参加JBC（日本咖啡师大赛）不仅可以让自己专注于某一件事，同时可以让自己快速成长。朋友说：“你每年都参赛，应该很辛苦吧？”其实我一点都不觉得辛苦。专注努力的过程虽然令人疲累，但是我完全不觉得苦。因为那段时间，我把所有的心思都投注在咖啡上面，所以可以察觉到平常工作中不足的部分，同时可以发现全新的咖啡魅力，通过比赛经历了解到的事物实在太多了。现在的我可以从事咖啡师的工作真的很幸福，不管结果如何，希望有更多的人能够一起挑战。因为这样的想法，所以即便是以个人名义，我也会每年挑战JBC（日本咖啡师大赛）。

迈向咖啡师的未来

咖啡是日常生活中随处都可以享受到的美味，如果能够提供优质咖啡的咖啡师越来越多，那就太棒了。

我策划的“SATURDAYS SURF NYC”是冲浪精品店里的咖啡吧。这种店的优势就是，就连平常很少喝咖啡的人也会来上一杯的市场普及性。实际上，来这里买衣服的人，经常都会以“坐下来喝一杯”的感觉进店里消费。咖啡不就正是这样的饮品吗？

在日本，咖啡之所以没有那么普及，不是由于感觉不够舒适，就是给人望尘莫及的高傲感觉。我并不想抱持着紧张感品尝咖啡，只要让客人觉得“偶尔喝一下感觉很美味”就足够了，所以我很喜欢可以让人放松心情、愉快品尝咖啡的“SATURDAYS SURF NYC”，我自己偶尔也会在店里串场一下。

研讨会或训练的时候，我常说：“我们的工作并不是冲泡美味的咖啡。”现在的时代已经可以喝到各种不同味道的咖啡，就算咖啡师向客人推荐“有着橘子酸味的咖啡”，客人如果不喜欢橘子，就算咖啡师觉得好喝，客人也未免喜欢。每个人的喜好不同，美味与否交给客人决定就行了。

可是，关于萃取方面，如果咖啡的特征是橘子酸味，那么就要适当冲泡出能够让人感受到橘子香气的咖啡，这就是我们咖啡师的工作。所以我总是在研讨会等场所说：“请咖啡师把适当萃取咖啡放在心上。”

就培养咖啡师的立场来说，希望进一步提升咖啡师的社会地位，也是我的心愿之一。如果咖啡师的报酬低廉，那么为了继续维持咖啡师的身份，就只有自行开业一途，我发现这就是咖啡师的现况。就像以职业而确立的侍酒师或甜点师那样，咖啡师也要以咖啡师的身份赚取酬劳。如果咖啡师无法成为连孩子都感到憧憬的职业，咖啡就会在潮流过去之后无疾而终。如果现在的高中生不愿意在10年后当咖啡师，咖啡就无法以文化扎根。

承前启后、顺应时代去做改变的时代已经来临了，我觉得现在正是我们该采取行动的时刻。因此，我认为以个人名义持续参加JBC（日本咖啡师大赛）是非常有意义的事情。如果可以让年轻人对比赛产生兴趣并以参赛为目标，或许日本咖啡的品质水平就会随之提升。今后，我也会以自己的方式去思考自由咖啡师所能做的事情。

渡边绫希

Bun Coffee

美食、旅行、艺术都能扩大视野，让咖啡师迅速成长

“Bun Coffee”是以澳大利亚最东边的小城镇拜伦湾（Byron Bay）为据点的有机咖啡品牌，该品牌的日本创始店于2014年在东京市市谷车站附近开业。玻璃橱窗里摆满了来自拜伦湾烘焙店的咖啡，五颜六色的鲜艳包装格外引人瞩目。饮品菜单以Short Black（浓缩咖啡）、Flat White（小白咖啡）、Coffee latte（拿铁）等浓缩咖啡为主。从2015年开始在这里担任店长的是有六年咖啡师资历的渡边绫希。日本爱媛县出生的渡边小姐在东京都内的咖啡厅工作后，在就职的“Double Tall Cafe”爱上了咖啡师的职业。渡边小姐说：“对我来说，最令我迷恋的是以咖啡拉花为主轴的部分。之所以积极参加国内外的大赛，不仅是为了测试自己的实力，同时是为了维持学习的动机。”她前前后后参加了咖啡拉花的世界选拔赛、咖啡厅举办的小型比赛等10多场比赛，其中属国外的比赛最为刺激。她说：“选手之间的交流当然不用说，考察当地的咖啡厅、观察咖啡师的动作和服务、品尝咖啡的味道，也可以让自己有很大收获。”

Bun Coffee位于市谷的商业街，这里和她过去在原宿工作的咖啡厅不同，客人的需求也完全不同。她说：“接待客户的时候，解读力和眼神交接是很重要的事情。销售的方式、说话的方式、展现的方式等，都要去思考该怎么做才能让客人开心，然后加以实践。”

美术大学出身的渡边小姐同时运用她在学生时期的专长领域，负责店内的商品展示、插画、雕刻等工作。刊载了Bun Coffee特殊品牌特征的招牌等，就是出自渡边小姐的巧手，为店内的设计增色不少。

她个人认为，扩大美食、旅行、艺术的视野，同时能培养个人的审美观点。例如，她认为了解料理的基础很重要，所以她会自己在家里制作料理或甜点。每次出去旅行，接触到当地的自然和文化，她总是特别感动。另外，据说陶艺、手工艺也是她很喜欢的领域。她之所以对各种事物感兴趣，她总是四处探索，是由于每件事物都可以和咖啡串连在一起。她说：“就是要随时抱持贪念、心存疑问，不要满足于现状。这份职业就跟永远不会结束的时尚、潮流一样，我希望能够让自己更加进步。最近，我发现把眼光放在咖啡拉花上的年轻人有增多的趋势，但是希望大家不要因此就感到满足，艺术终究只是附加价值，接待和味道才是精髓所在。这是我希望以咖啡师身份传达给大家的课题。”

BunCoffee Byron Bay
Speciality Coffee Roasters
BunCoffee
Blend
Strong Espresso Blend
Brazil. Ethiopia
Mexico. papuaNewGinia
Long Black (HOT COFFEE)
S 330 yen
M 380 yen
Today's
coffee
S 450 yen
M 500 yen
SPECIALTY COFFEE
Indonesia
Food
Sweets
Tea
Chocolate Drink etc...
OK
OPEN 7:30
CLOSE 19:30
休：日·祝
OPEN
SPECIALTY
COFFEE
ROASTERS
SEASONAL DRINK
Sweets
Scones
Muffins

Organic
Coffee

川野优马（左）& 相原民人（右）

LIGHT UP COFFEE

以学生咖啡师团队活动的全新舞台

“LIGHT UP COFFEE”位于日本东京吉祥寺车站北口的商店街角落，由两个二十几岁的年轻老板相原民人和川野优马共同经营。他们两人在大学时认识，当时他们各自在咖啡厅打工，都有过咖啡师的经验。他们两人就读于不同大学，由于同样都喜欢咖啡而意气相投，后来和其他伙伴一起组成了咖啡师团队“Coffee Gear”。这个小组会参加大学祭、活动摊位和品尝会等活动，“希望把咖啡的美味传递出去”的两个人，在结束学业的2014年开设了烘焙坊，希望以其作为“Coffee Gear”进一步活动的舞台。“2013年夏天，我们以Coffee Gear成员的身份去北欧各国和伦敦旅行一个月，顺便学习做咖啡的经验，那正是我们的转折点。北欧是以轻烘焙且带有酸味的咖啡为主流，那时我们才知道原来咖啡并不只是苦。多汁的果汁感和通透的味道让我们感到非常震撼，同时决定了我们的味道方向性。”

店内引进的是一千克的小型烘焙机。以自学方式学会烘焙的川野先生说：“想做出这种味道，就是埋头苦干。比起理论，行动更重要。”他们希望让更多人知道咖啡豆本身源自果实的果香，以及各农园的鲜明个性，并且通过六种单品和LIGHT UP混豆，传播精品咖啡的魅力。

店内的装潢以白色为基调，并设置了小型的桌椅。这里是以咖啡销售为中心，以内用和外带的方式提供咖啡。店内主要的饮品是“咖啡”，共有七个种类，按照各咖啡豆的特征，以美式、法式滤压、滤挂式的方式供应。其中，“COFFEE TASTING SET”是可以一次品尝到用法式滤压萃取出的三种味道的超优惠组合。除此之外，还有拿铁咖啡等浓缩咖啡。

咖啡豆的包装设计和销售空间的陈列展示都是由在大学专攻设计的相原先生负责，除了用颜色来表现咖啡豆的味道之外，他还会绘制源自原产国的动物来表现出原创性。

年纪轻轻就当老板的两个人，如果在咖啡豆、技术或经营等方面碰到问题，就会找同业的前辈商量。为了掌握咖啡业界的趋势，他们会经常联系。“我们希望传播出可随时享受精品咖啡的空间与文化”，相原先生和川野先生今后会更加活跃，将受到更多瞩目。

Casa
BRUTUS
CAFE
居心地のいいカフェ

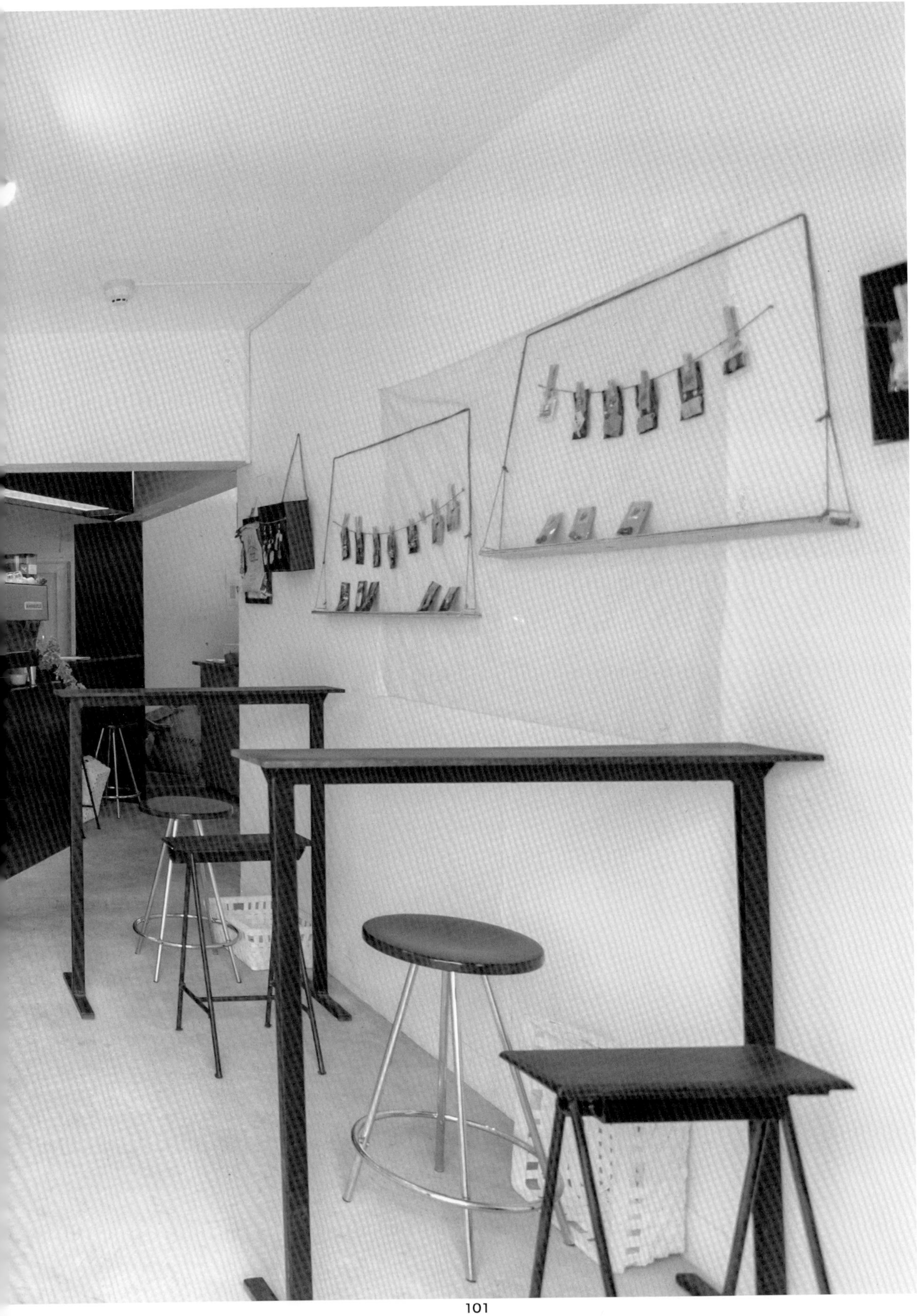

松原大地&平井丽奈

UNLIMITED COFFEE BAR

希望运用两人的评审经验扩大精品咖啡的可能性

“UNLIMITED COFFEE BAR”在东京晴空塔下向世界推广精品咖啡的魅力。2015年7月开业之后就立即掀起话题。在国内外的众多咖啡师比赛上担任评审的同时，从自家烘焙到店铺经营、业务用咖啡的批发销售、咖啡师的培养，全都亲力亲为的两位咖啡师是松原大地先生和平井丽奈小姐。松原先生是首位于2013年WBC（世界咖啡师大赛）墨尔本大赛担任决赛技术评审的亚洲人，同时是首位于2015年WBC（世界咖啡师大赛）西雅图大赛担任决赛感官评审的日本人。平井小姐是第一届JBC（日本咖啡师大赛）的获奖者，同时从2004年开始担任认证评审，拥有10年以上的资历。

这家店能够以各种萃取方法和创意变化，让顾客品尝到自家烘焙的十种单品咖啡，浓缩咖啡、用五种尺寸的咖啡杯提供的拿铁咖啡、冷泡咖啡（Cold Brew）等，都是该家店值得夸耀的丰富商品。另外，因为他们希望客人也能在店里喝到用来竞赛评分的创意饮品，所以他们把焦点放在咖啡鸡尾酒上面，积极调配出“冷泡咖啡琴汤尼”等创意饮品。

由于坐落于观光景点，所以每到周末假期，店里有大半的客户都是来自国外的观光客，堪称一家国际性的咖啡厅。平井小姐说：“日本客人当然不用说，我们同时希望国外的客人喜欢我们的咖啡，并且实际感受到日本咖啡的优良品质。因此，我们必须具备能够为客人确实说明的介绍能力。咖啡师用语言传达对咖啡的热情，也是非常重要的事情。”之所以招募会说英语的咖啡师工作人员，也是基于培养世界级的咖啡师而附设“BARISTA TRAINING LAB 东京”这个理由。松原先生表示：“我们会用身体去感受世界水平的咖啡味道和介绍技术。我们希望应用比赛中学习到的知识和技术，让客人体验到最棒的咖啡场景。”他们店里给客人提供咖啡的时候，一直采用犹如比赛般由咖啡师向客人详细介绍的形式。

他们的店名“UNLIMITED”代表“没有极限、没有限制”的意思。深信精品咖啡和咖啡师所蕴藏的无限可能，将那种可能无限扩大，正是他们两个人的使命。

Our Espresso
is handmade
SPECIALTY COFFEE
ESPRESSO
CORTADO 4.5
CAPPUCCINO
LATTE 10.0
ICED LATTE
HAND DRIP
AEROPRESS
COLD BREW
COLD BREW TONIC W/ SLICED ORANGE
IRISH COFFEE
ESPRESSO MARTINI
UNLIMITED COFFEE BAR TOKYO
SPECIALTY COFFEE
ORDER HERE
ESPRESSO

铃木清和

GITCH COFFEE&ROASTERS

GLITCH
COFFEE&ROASTERS

以日本人制造的日本咖啡为荣，将之传递给全世界

于2015年4月开业的“GITCH COFFEE&ROASTERS”，位于有着日本古老茶吧文化的东京神田神保町。老板兼咖啡师的铃木清和先生在经历了一般企业的上班族工作之后，25岁的时候一头栽进了咖啡的世界。他在“DEL SOLE”“Camel咖啡”学习咖啡的烘焙技术后，进入“PAUL BASSETT”。以首席咖啡师、烘豆师、品牌经理支撑着“PAUL BASSETT”的铃木先生，在任职的10年间，除了从事咖啡师、烘焙师的工作之外，也会协助工作人员的培养工作，以及国内外店铺的筹备事务。在那段时间，铃木先生因多次往返日本和国外，而对日本文化有了全新认识，进而在心中萌生了某个念头。铃木先生表示：“我在自立门户，拥有自己店的时候，之所以不愿意模仿西雅图式、澳大利亚式那种他国的咖啡文化，是由于我希望以日本制造的日本咖啡为荣，把日本的咖啡推向全世界。我会在日本特有的咖啡文化已经扎根的神保町开店，也是基于这个理由。”

GITCH COFFEE&ROASTERS不仅严格品管高品质的咖啡豆，同时由铃木先生亲自烘焙咖啡豆。客人随时能够以手冲、浓缩咖啡、爱乐压的形式品尝到4~6种轻烘焙的单品咖啡。“我希望表现的是产地不同的咖啡豆的个性和明显的果实味。这样一来，必然要采用轻烘焙，品尝的方法也会变得简单。就消费者的观点来说，稍微加重烘焙增添苦味，或星冰乐之类的饮品，或许比较能够迎合大众的口味。如果觉得‘其实真正希望推荐的咖啡是另一种’，却推出与概念完全不同的咖啡，那对客人来说同样也是失礼。采取正面策略所端出的咖啡，如果由于“不合口味”而遭到丢弃，也是没办法的事情。不以消费者的观点去看，而以咖啡师的立场充满自信地把自己觉得真正美味的咖啡端给客人，那才是最重要的事情。”

今后，铃木先生将要全力投注于将日本咖啡师和烘焙师串联在一起的“分享烘焙计划（SHARE ROASTER PROJECT）”。这个计划的目的是希望为没有烘焙机的咖啡师提供环境和资讯交流的场所，同时和他们进一步“横向交流”。日本的咖啡文化究竟能够发展到什么地步——铃木先生的挑战才刚开始。

铃木康夫（上）&
田中圣仁（下）
TRUNK COFFEE

传递北欧的生活形态，把全新的咖啡文化带入茶吧文化地区

以北欧的咖啡文化为基础，自家烘焙出最高品质的精品咖啡，再由咖啡师提供高品质咖啡的“TRUNK COFFEE”。店内使用的全都是北欧复古家具。菜单以咖啡为主角，再加上数种烘焙甜点和三明治。咖啡豆随时备有10种单豆商品。萃取方法可选择手冲、爱乐压、浓缩咖啡，采用在收银台边与咖啡师对话，边挑选个人喜爱的咖啡豆和萃取方法的形式。经营这家店的是原本在不同行业工作的铃木康夫咖啡师，以及田中圣仁烘焙师。TRUNK COFFEE是铃木先生在探访咖啡先进国家北欧丹麦的时候，领悟到咖啡魅力而诞生的。在丹麦被称为首位日本咖啡师之前，持续积累经验的铃木先生邀请在同一时期周游世界各地，拥有丰富咖啡知识、资讯、人脉的田中先生，于2014年，在他的故乡，也就是名古屋开设了TRUNK COFFEE。

该店的特征之一就是轻烘焙。田中先生说：“我们的想法是尽可能用最小的火候，发挥出特殊素材的原味。轻烘焙可以通过舒畅的口感，享受到宛如红酒般的果实味。”

开店时，他最重视的事情就是获得全新的咖啡粉丝。因此，他以“好可爱”“想买回家当装饰”的女性角度，开发了咖啡商品（ORIGAMI滤杯、卡布奇诺杯等），同时举办了多次活动和工作坊。建立从小学生到大人，各个年龄层都可参加的英语教室（同时可享受咖啡的TRUNK ENGLISH）、邀请艺人来现场演唱等，与其他行业之间的合作也非常频繁。在工作人员的人才培养上，他也是不遗余力。可是，他的指导仅限于萃取方法、接待等基本技术，至于如何应用就看工作人员自己的能力了。他希望不要照本宣科，培养出能够自我判断的人才。铃木先生表示：“绝对不能让日本掀起的咖啡潮流以潮流的形式落幕，我们应该建立的是全新的咖啡文化。因此，我们需要的是随时并持续制作出优质咖啡的内涵，而不能只有时尚的空壳。名古屋是个茶吧文化非常浓厚的地区，我们要做的不是与之对抗，而是与其共存。”TRUNK COFFEE的诞生将会使名古屋的咖啡文化掀起全新的浪潮。

CHRISTIANIA-
LISTEN
39

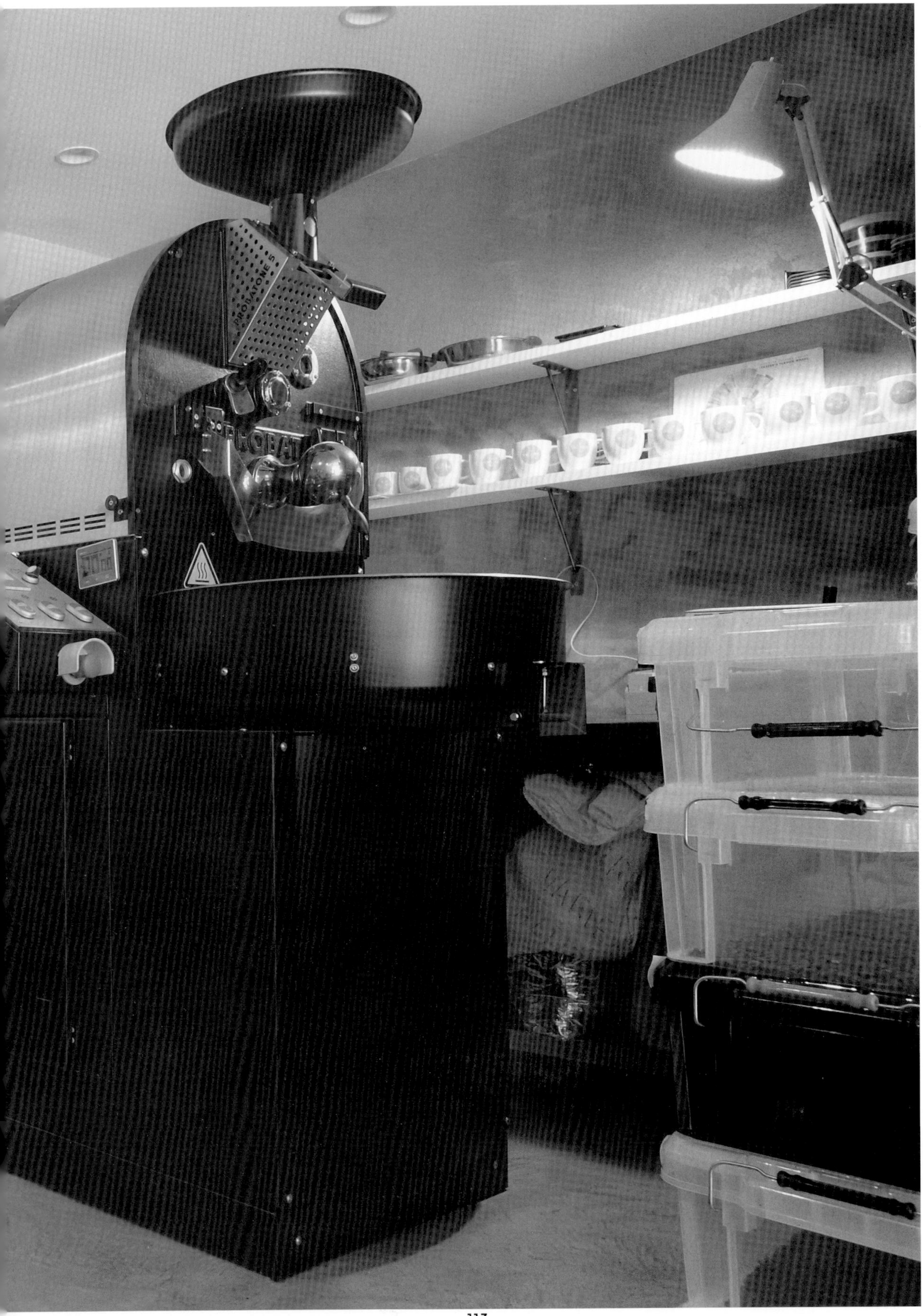
PROBATONE 5

胜野阳介（左）&
尾埼数磨（中央）&
樱庭大辅（右）

THE CUPS

第三波×意式咖啡吧，出身不同的三位咖啡师

2015年，“THE CUPS”在名古屋的商业街诞生。店里的空间设计以波特兰的咖啡店为概念，提供咖啡、原创意式冰淇淋、分量丰富的沙拉等餐点。店内最引人关注的是出身不同的三位咖啡师，以跨越业界篱笆的全新咖啡店而掀起讨论话题。

尾埼先生觉得可以直接感受到客人反应的咖啡师工作充满魅力，因而踏上咖啡之路。他最擅长倾注成形的咖啡拉花，同时精通于第三波咖啡的事务。另一方面，胜野先生基于对意大利文化的兴趣而开始接触咖啡，长年在名古屋的意式咖啡吧追求正统的浓缩咖啡。樱庭先生和胜野先生在同一个职场工作，也是在不断提高自己的咖啡师手艺。乍看之下，彼此似乎互不相容，却由于惺惺相惜，而善用彼此不同的个性，孕育出前所未有的风格。

咖啡豆最能表现出该店的特征。浓缩咖啡用的咖啡豆有两种，分别是象征第三波咖啡的精品咖啡，和意大利浓缩咖啡协会认证的品种。前者是可以充分感受到浓郁与咖啡口感的咖啡豆原味，后者则是酸味、苦味、甜味充分调和的传统味道。他们希望通过不同咖啡豆的选用，让顾客了解咖啡的深奥之处。他们也会依照客人的喜好进行制作。另外，倾注成形用的咖啡豆随时备有三种精品咖啡的混豆和单豆。让客人能够享受到各个产地和农园的不同味道。在菜单规划上，他们在咖啡豆的挑选、浓缩咖啡的萃取、咖啡拉花等方面非常用心，此外还使用玻璃杯来取代玻璃罐等，以此让年轻人体会到时尚感。

胜野先生表示：“我们有时会让熟悉第三波咖啡的人了解传统浓缩咖啡的味道，有时也会逆向操作。对客人来说，美味的咖啡没有什么流派之分。三个人一起联手，从更开阔的视野去制作咖啡，并且找出符合喜好的一杯，就是我们的最大心愿。”过去一直靠一杯传统浓缩咖啡打天下的樱庭先生，在这家店开始经营的同时，向尾埼先生学习了手冲咖啡的萃取方法。他说，手冲咖啡的学习不仅让他感受到不同于浓缩咖啡的魅力，同时让他对咖啡的想法变得更加开阔。虽然他们的背景不同，但希望提供美味咖啡的目的是一样的，这是种相互尊重并相互刺激的良好关系。根据三个人的不同观点，自然就能创造出前所未有的咖啡品尝方式。

Vege
WORKS
* original salad
* wild rice salad
* sliders

COFFEE
GELATO
VEGE
CASHER
-DAILY MENU-
ESPRESSO
GELATO
SMOOTHIE
THE CUPS
THE CUPS

田中大介

Mondial Kaffee 328

希望通过自己的活动广泛推广蕴藏极大可能性的咖啡师工作

Coffee Fest是从世界各国召集咖啡拉花世界大赛通过预选的咖啡师。在2015年6月的Coffee Fest芝加哥大赛上，田中咖啡师如愿赢得了咖啡拉花世界冠军的宝座。

20岁的时候，田中先生原本的志向是音乐，之后他放弃了那个梦想，在30岁左右去了东京，并且在咖啡厅工作，那家咖啡厅的浓缩咖啡机就是让他成为咖啡师的契机。两年之后，他下定决心“要在咖啡（咖啡拉花）的世界里得到所有人的认同”“要做就要以世界水平为目标”。他参加研讨会，通过与其他咖啡师交流的方式，进一步精进自己的技术。2014年，日本大阪北堀江“Mondial Kaffee 328”全新开业，他在店里担任首席咖啡师。Mondial Kaffee 328在大阪率先引进Slayer的浓缩咖啡机，并且成为至今仍有许多国内外客人造访的名店。店里的招牌饮品是咖啡师们以个人创意画出咖啡拉花的拿铁咖啡。田中先生所画的咖啡拉花，不管是一条线还是一个形状，都有着各自的表情，充满浅显易懂的艺术风格。指导后辈的田中先生表示：“客人在看到杯里的咖啡拉花之后，总是会对咖啡产生美味的感受，再加上客人总是对咖啡师自由描绘出的咖啡拉花有所憧憬，所以总是不会忘记展露笑颜。”不管是平时还是参加比赛，他在制作咖啡拉花的时候总是会注意到这个部分。

田中先生拥有非常丰富的经历，从咖啡厅的工作人员，到店长、经理、首席咖啡师，最后是咖啡拉花的世界冠军，那些经验和实力以各种不同的形式开花结果。2015年，他首次负责监督大阪南堀江的女装服饰店附设的咖啡吧，还在Lecole Vantan大阪分校担任咖啡师讲师。同一年，Mondial Kaffee 328的第二家、第三家店陆续在大阪市内开业，田中先生更是以店铺经理的身份负责统筹所有事务。Mondial Kaffee 328会不定期举办咖啡拉花教室、咖啡拉花杯比赛。田中先生说，为了持续磨炼自己的技术，同时巩固自己的咖啡师地位，今后他仍会继续参加咖啡拉花的比赛。“我希望用咖啡来感动客人。因此，从美味咖啡的提供、咖啡拉花、空间等各个方面招待客人，和每一位客人亲密接触，正是这个工作的乐趣所在。咖啡师的工作并不只有咖啡和咖啡拉花的服务，还有许多由咖啡衍生出的各种工作挑战。我希望通过自己把这些蕴藏的可能性传递给大家。”

山口美奈子

Étoile coffee

W.C.
Thank you for coming to Etoile Coffee!
エトワールコーヒーへご来店頂き、ありがとうございます。
エトワールコーヒー
Have good coffee
Have good life!

不仅咖啡，就连品尝时光也要追求最极致，味道、风格都要以独树一帜为目标

“Étoile coffee”位于日本福冈市的西铁平尾车站旁边，在许多公寓坐落的区域。老板兼咖啡师的山口美奈子小姐在以精品咖啡为根基的“HONEY咖啡”磨炼了四年左右的技术，之后在2015年3月开设了“Étoile coffee”。店里的咖啡豆只有向“HONEY咖啡”采购的精品咖啡，备有五种单豆和两种混豆。店里的法式压滤咖啡一杯要价650～880日元（人民币39～53元），尽管售价比福冈的其他精品咖啡专卖店略高，但山口小姐仍坚持这样的策略。她希望让客人感受到这家店的经营概念，也就是所谓的“日常奢华”。她说：“使用品质优异的咖啡豆当然不用说，追求舒适感的店内打造，也是为了让客人在店里度过的时光可以拥有更优质的感受。”“可以让客人在工作结束、假日的午后等时刻完全放松、悠闲度过的空间，正是我打造这家店的目标。可以毫无顾忌地在店里拨打长时间的电话等，也是为了让客人有更自在的感受。如果和咖啡一起度过的时光能够为客人的生活增添一点光彩，我就感到非常幸福了。”今后所追求的目标也非常明确。除了咖啡之外，每张桌子所摆放的季节性花卉等，也能让客人感受到唯有女性老板才有的细腻、体贴。在这个空间里所拥有的优质时光，其实就蕴藏在每一杯咖啡的价格里。

山口小姐除了曾经在由九州区的咖啡师们角逐的FADIE CUP 2013上赢得冠军荣耀之外，在2012年之后还以JBC（日本咖啡师大赛）评审的身份在业界中大放异彩。能够客观分析咖啡味道的评审，总是能够在深厚的咖啡知识基础上给予精辟的见解。2014年，她曾担任比赛的最终评审，在评审上的表现堪称一流。山口小姐在拥有自己的店之后，尤其专注于浓缩咖啡萃取技术的提升。稍微改变使用的咖啡豆克数、萃取时间、萃取量等数值，以此调整出所希望萃取的浓缩咖啡的味道，是她每天早上的必要工作。

在有许多精品咖啡店的福冈，“Étoile coffee”试图以独树一帜的风格做出不同于其他咖啡厅的差别性，而山口小姐未来的全新目标是“通过JBC（日本咖啡师大赛）的评审经验，创造出更多人际之间的串联。未来，希望试着开设一家介绍福冈的咖啡文化和咖啡师工作的实验室”。

杉浦豪太（上）&
Mark Olson（左下）

manu coffee

培育福冈咖啡文化的先驱店——二人所追求的咖啡师新形态

2003年开业，代表日本福冈的精品咖啡专卖店“manu coffee”培养了许多咖啡师，其中有两位咖啡师最受瞩目。那就是赢得老板西冈总伸先生全面信赖的杉浦豪太咖啡师，以及在福冈“REC COFFEE”的岩濑由和咖啡师参加WBC（世界咖啡师大赛）2015（世界杯咖啡师大赛）时，以翻译身份一起前往生产国和西雅图的Mark Olson咖啡师。

杉浦先生从高中时期就一直希望从事与咖啡相关的工作，因而进入学习咖啡厅经营知识的专业学校。在那个时期接触到的manu coffee浓缩咖啡的美味让他深受感动，因而选择在该店学习咖啡。另一方面，Mark先生是31岁才开始跳入咖啡世界的慢熟咖啡师。其实从开业时，他就一直是manu coffee的常客，当他正在烦恼是不是要返回故乡美国的时候，由于老板西冈先生的邀约而成了他开始咖啡师之路的契机。虽然他们开始咖啡师学习的年龄大不相同，但是他们都有着“喜欢咖啡”的简单想法。积极参加JBC（日本咖啡师大赛），以及九州区咖啡师角逐的FADIE CUP等比赛的他们都认为：“参加比赛可以让自己以不同于日常业务的观点去看待咖啡，同时观看其他咖啡师的技术，也能让自己有所刺激。”已挑战WBC（世界咖啡师大赛）的日本队成员之一，积累珍贵经验的Mark先生说：“可以近距离看到世界顶级咖啡师的技术，不仅能够提升对技术的理解度，也能学习到哪些部分可以获得评价。自己参赛当然不用说，对于日常的工作也能有所帮助。”

在推行自家烘焙的manu coffee里，店长等级的咖啡师也要学习烘焙技术，杉浦先生、Mark先生现在也正在学习。尤其是杉浦先生，他平日的时间几乎都在负责烘焙业务，他认为：“亲自烘焙可以加深自己对咖啡味道的理解度，尤其可以再次确认品尝的重要性，同时可以提升萃取的水平。”杉浦先生也要负责训练店里的新人。Mark先生则是在manu coffee柳桥店担任店长。柳桥店位于福冈市柳桥联合市场的一角，那里有许多来自县外或国外的观光客，Mark先生的英语在这里非常有用。

他们二人都认为“磨炼技术是为了提供最棒的咖啡给客人”。把咖啡文化扎根于福冈的名店，未来将会继续传承下去。

manu
coffee
行
MANU COFFEE

皆様に喜ばれ
柳橋連合
高級食品・玄海みやげ
(有)山嘉 松岡商店
新鮮な食材
中村鮮魚店
高級鮮魚・活魚・介類一式
土井良商店
八女茶直売店
江崎製茶園
博多おみやげ
TEL 761-

马泽直树

VINTAGE AIRSTREAM CAFE BAMBI

Vintage Airstream Cafe
BAMBI
BAMBI

实现符合个人开业的“邂逅”

我进入咖啡业界工作比一般人更晚，是在34岁的时候。

爸爸和祖父是汽车维修师，或许是因为受到他们的影响，所以我从小就很喜欢玩弄机械。高中毕业后，我在一家大型汽车制造商工作，取得了二级汽车维修师和汽车检查员的国家资格。我在企业举办的维修师技能竞赛中，顺利晋级到大赛，同时成了总公司工厂的工程师主管，呈现出未来的稳定生活已经完全掌握在手里的状况。

可是，担任管理职务之后，我的工作就开始逐渐远离技师的范畴，也经常产生“或许自己无法胜任管理职务”的想法。其实我不仅喜欢汽车，也很喜欢摩托车，所以希望参加正规直线竞速赛（起源于美国，在直线赛道上从停止状态开始冲刺，以最后抵达终点的时间来判定胜负的赛车运动）的想法一直很强烈，于是我便毅然决然地离开工作了九年的公司。虽然周围的人都感到非常意外，“居然会放弃这么稳定的工作，实在太可惜了”，可是我的双亲和妻子很体谅我。

就这样，我去了摩托车的改装店上班，可是当时的工作让我觉得非常无聊，而且还是没办法参加直线竞速赛，于是我又跳槽到外商的汽车制造商。虽然年轻的时候我曾经有过“未来想自己开家汽车或摩托车店”的想法，可是这时候我的想法截然不同，“兴趣和工作终究还是不同。如果要开店，应该不要选择和汽车或摩托车相关的行业”，于是我便开始摸索适合自己独立开业的道路。

正好这时候，西雅图系列的咖啡连锁店打入日本市场，在传播媒体上掀起话题。我本来就很喜欢咖啡，但是当地的体力劳动者通常都是喝罐装咖啡，所以第一次喝到拿铁咖啡的时候，我感到非常震撼。那种味道和添加了牛奶的罐装咖啡完全不同，由浓缩咖啡和牛奶调和而成的拿铁咖啡就像是完全不同的饮品，令人感到惊讶，因此我对咖啡产生了兴趣。就我的情况来说，因为我本来就很喜欢机械，所以会对浓缩咖啡机产生兴趣是理所当然的。

于是，我开始四处探访东京都内可以喝到浓缩咖啡的店，还会去参加咖啡店针对顾客举办的咖啡学习。自由操控浓缩咖啡机的咖啡师身影令我感到憧憬，而咖啡拉花的技术也让我由衷佩服，因此便开始认真思考，“我希望更进一步学习咖啡，希望朝咖啡的道路去走”。取得妻子的同意之后，我便决定以成为咖啡师为目标。

我一边在工厂上大夜班，一边参加咖啡学校的假日班课程，学习咖啡的基础知识。从咖啡学校毕业之后，我一直努力地寻找咖啡师的工作，可是几乎没有店家愿意雇用34岁又没有餐饮经验的我。最后，位于新宿的“CAFÉ 89（QUATRE-VINGT-NEUF）”终于愿意以“兼职的形式”聘用我。我在那里一边学习餐饮服务和浓缩咖啡萃取等实务，一边积累经验。因为是兼职性质，时间上比较自由，所以我也会练习咖啡拉花，试着参加比赛。参加比赛可以和更多的咖啡师交流，对我来说那些经验都是无价的资产。

我开始认真考虑自行创业的时候，是在积累了咖啡师经验约三年之后。由于自己已经学会了基础技术，再加上年龄也已经迈入30后半，同时认为总不能一直兼职打工下去。

我的目标是“符合个人风格的咖啡厅”。刚开始，我脑中所描绘的形象是在当地的八王子，夫妇两人一起经营一家10平方米左右的小咖啡厅。当时，市中心有很多时尚的咖啡厅，可以随时喝到美味的拿铁咖啡，但是郊外的八王子只有连锁咖啡厅，没有喝过拿铁咖啡的人也有很多，所以我希望让当地的人品尝到美味的咖啡。

可是，店面的寻找陷入困境。郊外几乎都是30平方米以上的店面，车站前面虽然有10平方米左右的小型店面，可是租金都很高。八王子市的交通以汽车为主，备有停车场的连锁店非常盛行，如果个人经营的咖啡厅没有停车场，会有客人愿意来吗？这时，我不禁开始感到疑惑。我也曾经考虑采用餐车销售的方式，可是就算可以找到适合经营咖啡吧的轻型汽车，也未必能够确保营业场所，而且也会有收入不稳定的顾虑。

就这样，我再次回到原点，重新思考“符合个人风格的咖啡厅”是什么。在提供美味咖啡的咖啡厅有如过江之鲫的现状中，我真的有办法单靠咖啡来表现出我的个人风格吗？咖啡的味道固然重要，但是我也想给客人提供咖啡以外的乐趣。

这时候，我碰巧在网络上看到了美国露营车“Airstream”的复古车款“Bambi”。由于我很喜欢户外活动，所以对Airstream的资讯非常清楚。在美国，Airstream大多是有钱人才会有的车款，Airstream更是热爱户外活动的人所憧憬的豪华露营车。杜拉铝的闪耀光芒、流线型的车身，瞬间吸引了我的视线，当下便直觉地认为“这或许可以打造成符合我个人风格的咖啡厅”，查询后的价格也在自己可以负担的范围内，所以我就更加倾心了，简直就像命运的邂逅一般。

我马上展开行动，前往千叶拜访几乎快以Airstream为家的Airstream收藏家兼商店老板。老板非常热情地跟我畅谈Airstream的魅力，我们聊得非常投机，最后老板终于同意把珍贵的63年款Bambi转售给我。

我压抑着“或许可以买到我所憧憬的露营车”的心情，马上请负责改装的业者帮我估价，结果远远超出了自己的预算。事到如今岂有放弃的道理，而且“现在不正是让我发挥自己特长的时刻”吗？

之前，我一直以“符合个人风格的咖啡厅”为目标，现在这辆露营车则可以让热爱机械的自己充分表现。于是我便下定决心，“我要靠自己的力量去改造，打造一个移动销售式的行动咖啡吧”。

AIRSTREAM

Welcome
SUNNY BELL COFFEE
Campbell's
NEW ENGLAND CLAM CHOWDER
BAMBI
COFFEE コーヒー 400
LATTE ラテ 500
MACHA モカ 600
600
+100
600
700
100% FRUIT JUICE 300
AMERICAN BEVERAGE 300
TODAY'S
CLAMCHOWDER 300
クラムチャウダー

靠移动销售实现梦想

虽然我决定运用自己的专长以行动咖啡吧的形式开业，但是改装操作真的是非常辛苦。

首先，改造需要操作场所。我也曾经为了确保操作场所而考虑搬家，可是在开业之前，我还是希望尽可能控制开销，所以只好选择在承租公寓的停车场进行操作。于是，我就去拜访房东，还有每一家和停车场邻接的住宅，先跟邻居们打声招呼，“因为要开行动咖啡厅，需要改装车子，所以可能会有噪音方面的问题，还请多多原谅”。刚开始很担心无法获得谅解，没想到当我表达了自己的想法后，所有人都为我加油打气，“很期待你的咖啡厅，加油哦”这真的让我松了一口气。

改造操作是利用咖啡厅的公休日。我买到的“Bambi”是俄亥俄州工厂的规格，所以内外的材质都是杜拉铝，可是我拿到车子的时候，内装已经上了烤漆。由于我想要的是LA MARZOCCO倒映在杜拉铝上的感觉，所以就用磨砂机等电动工具把烤漆去除。可是，由于烤漆非常厚重，整整花了三个月才彻底去除干净。

另外，车身非常老旧，木头地板也呈现歪斜、破烂的状态，所以我把地板拆掉，加入隔热材质，并替换了木头。除此之外，厕所管路的堵塞状况也要处理，有的地方则要挖洞，用来安装电源或排水用的管路，就连橱柜、操作台也都是手工制作。

虽说我是个持有维修师资格的专家，但是古老年代的美国制露营车终究还是有太多难搞懂的地方，每次碰到问题时，我都会上网逐一调查，一步一个脚印地慢慢进行操作。与其说这是车辆的改造，不如说更像是建筑工程。我为了购买材料和工具而跑大卖场的次数应该有300次之多吧！螺丝等零件有很多都是采用英制尺寸，有时还要请美国那边寄送日本没有销售的零件过来。因为寄送时间需要数个星期，所以就会导致操作中断，中途都不知道挫败了多少次。

以行动咖啡吧形式开业时，我最坚持的部分是LA MARZOCCO浓缩咖啡机的使用。先不管是不是会超出预算，我就是想追求只有自己办得到的做法。行动餐车的电压通常都是100V，但我觉得100V的浓缩咖啡机没办法发挥出100%的效能，所以就装上了200V电压的发电机，设置了一直想要采用的LA MARZOCCO FB80-3的咖啡机。除此之外，对于MAZZER的研磨机、露营车用的换气扇、在美国的拍卖网购入的“Coleman”的露营用怀旧炉灶等设备机器，我也非常执着。

除此之外，因机器而购买的是放置咖啡机用的桌面型冷藏柜和制冰机。制冰机是放在自己家里，打算每天从家里带冰块去营业。供水槽是移动餐车是否能获得许可的重要环节。各公家机关所规定的供水槽容量会因销售的商品内容与种类而不同，如果打算还可能去其他县市营业，就必须仔细确认过规定再进行设置。我预定提供咖啡和三明治，所以采用了露营车用的100升聚乙烯水槽。排水则装设园艺用的100升水槽来对应。

申请营业许可的时候，还曾发生这样的问题。我拿着车内的照片前往保健所申请的时候，承办人跟我说“洗涤槽太小”。虽然县市规定中没有载明具体的尺寸，但是申请的时候会标示固定店面的规定尺寸，设置的洗涤槽太小就没有办法通过申请。无可奈何之下，我更换了较大的洗涤槽。由于公家机关的规定各不相同，所以有点后悔没有事先做好确认。

另外，露营车也必须接受验车，而这方面也让我煞费苦心。由于车体非常老旧，所以根本没有留下半点证明文件。就算好不容易完成了车体，如果没有通过验车，还是没有办法营业。于是，我便写信给Airstream公司，请他们提供Frame number（车架号）给我。虽然我的英语并不是太好，不过，当我用英语提出“我希望在日本使用Bambi经营行动餐车，希望提供证明书”之后，对方马上就寄了证明书给我，总算让我顺利通过了验车。

就这样，我一边从事咖啡师的工作，一边进行各种改造操作，两年半的时间总算完成了咖啡和车辆完美结合的行动咖啡餐车。虽然花费的时间超出了我的想像，但是包含车体和厨房设备等所有设施在内，费用总共花费了500万日元左右（约人民币30万元）。由于餐车和一般店铺不同，可以办理汽车贷款，所以还算是自己可以承担的金额。如果是委托专门业者处理，恐怕就得花费更多。至今我仍非常感谢那些了解我的梦想，并且持续支持我走到现在的每个人。

我在41岁的时候，以“AIRSTREAM CAFE BAMBI”这个店名开始营业。现在有时会负责担任各种活动的主办，或是去租赁网站寻找营业场所，一点一滴地增加开店的次数。每当我拿着“Bambi”的照片向活动负责人说明“这辆露营车提供美味咖啡”的时候，他们马上就会由于对车体感兴趣而发下营业许可。客人的反响也很大，当了解Airstream的人赞叹“居然可以改造成这种程度”的时候，我会特别地开心。

虽然到正式开业之前碰到了重重难关，但我还是非常热爱自己亲手打造的露营车，有种物超所值的感觉。虽然移动销售在营业场所上有不确定性，但是比起固定店面，不仅没有租金的负担，而且具有容易维护的优点，另外也具有以固定店面营业的无限可能性。今后，我希望以怀旧露营车和浓缩咖啡机这种怀旧手工时代和现代相互融合的跨时空魅力，以周末的活动会场为中心，持续扩大营业范围。我也希望试着颠覆移动销售的概念。

就我的情况来说，我是以平日从事首席咖啡师的工作，周末以移动销售的全新形态，实现了符合个人风格的独立经营。咖啡师的经营方式形形色色，如果今后以经营为目标的人能够了解此点，我就非常开心了。

斎藤正二郎

Double Tall Cafe

后记

献给未来的咖啡师们

我从1995年开始，以商业形式在日本推出浓缩咖啡。当时，大家熟悉的淡味浓缩咖啡在日本广为流传，不是在拿铁咖啡里添加从西雅图直接进口的风味糖浆，就是加上咖啡拉花。不久，“星巴克咖啡”进军日本，以浓缩咖啡为基底的饮品风潮瞬间在各地蔓延，进而成为日本人生活的一部分。

与此同时，个人经营的咖啡厅则陷入比以往更为严酷的状况。最近，虽然媒体经常报道第三波咖啡的消息，但是能够搭上流行话题的只有少部分店家。与其说是咖啡本身受到瞩目，不如说那只不过是一时的风潮罢了。网络上曾以路人为对象，做过“喜欢哪一家的咖啡”的问卷调查，结果依然是速食餐厅和咖啡连锁店居前列，而西雅图系列的咖啡厅至今仍以画着可爱图案的拿铁咖啡为卖点，女性客人总是雀跃地拍着照片。

虽说浓缩咖啡已经完全渗透进日本人的生活中，但是就目前的状况来看，咖啡文化上的层级还是不太足够。如果我们没办法更浅显易懂地传达美味，个人经营的店在今后也会有经济困难的情况。

现在，网络上随时都可以找到来自国内外的全新资讯。很多年轻的咖啡师都会运用那些网络资讯来学习咖啡的制作，但是那只会让自己的视野集中在咖啡这种黑色液体上。时代正在改变，咖啡师们或许认为那样没问题，但是品尝咖啡的一般消费者又是怎么看待的？中高阶层是实际带动日本经济的族群，推广浓缩咖啡的时候，如果没有考虑到那个阶层的族群，并且去了解上一代人所熟悉的饮食文化，就很难让咖啡以商业形式持续下去。

例如，当下正流行带着强劲酸味的咖啡豆，如果把这种咖啡豆拿到意大利餐厅，就会得到这样的评语：“比起酸味，我们店里的客人更喜欢浓醇的味道。”因为客人追求的是味道，而不是流行。

另外，对红酒品味极为讲究的年代，非常了解料理和红酒的搭配方法。咖啡也一样，通过和食物之间的搭配或品尝的情况等，也能产生多种不同的享受方式。餐后该喝什么样的咖啡，或者搭配什么样的料理或甜点比较契合，能够提出这类建议的咖啡师似乎不多。

咖啡师的作用不仅是萃取咖啡，如果连怎么喝才会比较美味都不去学习，就没办法吸引顾客。如果只能吸引部分爱好者，或追逐流行的人，咖啡就会直接以潮流的形式结束。今后，咖啡师应该抱持着更广阔的视野，学习所有文化，这是非常重要的事情。

具备应用力和挑选的眼光

简单来说，要让日本的咖啡业界更加发展，就必须进一步提升咖啡师的水平。现在在第一线活跃的咖啡师们，拥有丰富的咖啡知识，但是把自己的知识和技术加以融会贯通的应用能力非常缺乏。

在浓缩咖啡的萃取上，咖啡师或许懂得填压等方面的应用，但是找到新的咖啡机零件后却没办法加以改造，不能让自己在使用的时候更加顺手。这是由于咖啡师没有从工学、逻辑性的观点去看待咖啡。

例如，大家都说要用气压9萃取浓缩咖啡，但是当我使用各种机器去验证之后，发现几乎没有机器会针对堵塞在滤槽上的粉末标示出压力。严格来说，使用机器萃取浓缩咖啡，就必须具备工学方面的知识或经验，可是因为萃取咖啡的人几乎都是照着前辈所教导的方式去做，所以会去收集数据进一步钻研，然后照个人方式去加以应用、萃取的人，实在少之又少。为了提升咖啡的味道，咖啡师应该靠自己的力量去钻研咖啡机的特性，并且进一步增长自己的技术和知识。

辅助工具方面的使用也相同。例如，使用甜度计的咖啡师增加了不少，我问他们为什么要使用，他们说是为了测量咖啡的甜度。用甜度计测量咖啡时，所显示的数值是白利度 = 浓度值。之所以感觉咖啡有甜味，只是人类的大脑把浓度错判成甜度，事实上，没有以乳糖形式存在的糖。如果不了解其中的原因，只是由于这样很酷而去使用，就没办法有任何改变。甜度计原本的使用目的是为了制作出自己想要的味道，用来帮助自己去评估该如何改变咖啡粉的填塞方法或分量。

不管是机器还是辅助工具，绝对不能因为“某人使用，所以自己也要使用”而去照搬，应该真正理解机器或工具的性能、使用方法，并且进一步学习加以应用的能力才行。

自家烘焙的咖啡店有增加的趋势，应用力也是烘焙所需具备的要素。2007年，摩卡咖啡豆被检出含有超出日本标准值的残留农药，因而遭到暂停进口的处置。那个时候，某个资深的烘焙师说：“我可以烘焙出摩卡咖啡豆。”这句话的意思是“使用不同咖啡豆，烘焙出近似于摩卡味道的技术”。之所以敢夸下海口，是因为他拥有混豆和烘焙相关的高深技术与应用力。拥有可以应付变化的创造力，不管在什么条件下都能制作出相同的味道，这就是专业。希望新一代的咖啡师们都能拥有这种应用力和挑选的眼光。

如果能带动起就连对咖啡没什么兴趣的人都喜欢上喝咖啡，使整个咖啡业界更加经济繁盛的潮流，那将会是件多么美好的事情。不仅浓缩咖啡，日本拥有滤纸冲泡、法兰绒滤泡和虹吸式等国外认同的咖啡技术，同时有各种不同的萃取方法。希望大家不要跟随潮流盲目起舞，而是在了解自己所长的情况下加以应用，让日本的咖啡业进一步蓬勃发展。

图书在版编目（CIP）数据

栽进吧台的咖啡师 / 日本旭屋出版“咖啡&餐厅”编辑部著；罗淑慧译. — 北京：北京联合出版公司，2017.1

ISBN 978-7-5502-9549-0

Ⅰ. ①栽… Ⅱ. ①日… ②罗… Ⅲ. ①散文集－日本－现代 Ⅳ. ①I313.65

中国版本图书馆CIP数据核字（2017）第009890号

著作权合同登记图字：01-2017-0468

栽进吧台的咖啡师

主　　编：（日）旭屋出版“咖啡&餐厅”编辑部
译　　者：罗淑慧
选题策划：多采文化
责任编辑：丰雪飞
装帧设计：水长流文化
策划编辑：于晓艳

北京联合出版公司出版
（北京市西城区德外大街83号楼9层　100088）
北京艺堂印刷有限公司印刷　新华书店经销
字数140千字　750毫米×1080毫米　1/16　9印张
2017年3月第1版　2017年3月第1次印刷
ISBN 978-7-5502-9549-0
定价：69.80元
